호랑골동품점

범유진 장편소설

차례

서막. 호랑골동품점 영업 시작 전 (닫힘) 7

1. 19세기, 영국 브라이언트앤드메이 성냥 21
2. 19세기, 그림자인형 와양쿨릿 63
3. 1977년, 체신1호 벽괘형 공중전화기 107
4. 1950년대, 럭키 래빗스 풋 145
5. 17세기, 짚인형 체웅 183
6. 연도 불명, 콩주머니 219

후일담. 호랑골동품점 영업 시작 (열림) 251

작가의 말 259

이것은 아직 세상이 이쪽과 저쪽으로 분명하게 나누어지기 전의 이야기이다.

동방삭이 저승사자를 속여 돌려보낸 사건이 세상을 떠들썩하게 만든 해에 산의 주인인 백호가 눈병에 걸렸다. 백호의 신음에 놀란 짐승들은 겁에 질려 폭주해 산을 내려가 인간을 해쳤다. 죄 없는 피로 초목이 물들어가던 중에 한 청년이 백호의 눈병을 치료했다. 백호는 고마움의 표시로 자신의 속눈썹 하나를 뽑아 청년의 눈썹에 심어주었다.

"너는 앞으로 다른 사람은 듣지 못하는, 사람 아닌 것들의 말을 들을 수 있을 것이다. 영생을 살며 나의 눈을 고쳤듯이 사람들을 구하라."

이형(異形)의 것들이 판을 치던 때였다. 저승의 문에서 기어 나온 사자(死者)의 영혼은 귀신이 되어 사람들을 놀라게 했고, 사람의 감정을 먹으며 오랜 시간 낡은 물건들은 요괴가 되어 장난을 쳤다. 몇몇 것은 인간세계에 집착해 인간을 해쳐서라도 그 자리를 빼앗으려 들었다. 청년 역시 이형의 장난에 가족을 잃고 목숨을 끊으러 산에 들어갔던 터였다. 청년은 어차피 포기하려 했던 삶을 기꺼이 기연(奇緣)에 던지기로 했다.

"산의 왕이시여. 한낱 인간이 능력을 안고 영생을 사는 건 복이 아닌 독입니다."

"그렇다면 선택할 수 있게 해주마. 힘을 넘기기를 원하면 안개 속으로 들어가라. 그 속에서 헤매는 아이를 구하면, 그 아이가 후계자가 될 것이다."

새하얀 눈썹이 돋아난 청년은 방방곡곡을 돌며 이형의 것들이 일으키는 문제를 해결했다. 사람들은 그를 '호미(虎眉)'라고 불렀다. 호미는 땅의 목소리를 들어 기운 좋은 곳에 터를 잡아 집을 지었다. 바깥에서는 온갖 말썽을 부리던 이형의 것들이 호미의 집에만 오면 잠잠해졌다. 곧 소문이 나 각지에서 사람들이 수상쩍은 물건을 가지고 몰려왔다. 정말로 이형이 깃든 물건도 있었으나 주적심허(做賊心虛)라고, 악행이 불러온 불행을 이형의 탓으로 돌려 들고 온 것들도 많았다. 호미는 그런 것들은 팔고, 이형이 깃든 물건은 전시해 기운이 빠지게 두었다. 오고 가는 사람 중 멀쩡해진 물건을 사길 원하는 자가 있어 거래가 시작되었다. 집은 가게가 되었다. 호미의 가게를 사람들은 '호랑골동품점', 줄여서 '호랑점'이라 불렀다.

   호미는 어느 날 홀연히 사라졌다가 아이 한 명을 데리고 돌아왔다. 아이는 호미를 '사부'라고 불렀다. 아이가 성인이 되던 날 호미는 또다시 사라져 다시는 돌아오지 않았고, 아이는 두 번째 호미가 되어 가게를 이어받았다. 아이가 가게의 주인이 된 후에 본래 검기만 했던 아이의 눈썹에 흰 털 하나가 솟아났다고 전해진다.

* * *

   그 시장은 시간의 미로였다. 과거를 품은 물건들이 곳곳에 쌓여 현재를 잊게 만드는 골목이 꼬리에 꼬리를 물고 이어져, 걷다 보면 시대를 뛰어넘은 듯한 착각에 사로잡히게 되었다. 글자 하나가 떨어진 간판을 천연덕스럽게 달고 손님을 맞이하는 국밥집과 구깃구깃한 구제 옷을 더미로 쌓아놓고 파는 좌판, 고풍스러운 목제 가구를 파는 가게가 혼재된 골목이 구불구불 이어지다 끊어졌다. 고급스러움과 천박함, 익살스러움과 날카로움, 생에 대한 미련과 포기. 그 모든 것의 경계가 오래된 지우개로 벅벅 문질러져 느슨해진 곳. 골동품과 고미술품을 찾아 헤매는 헌터들의 은밀한 집결지였던 곳은 빈티지와 레트로 붐으로 방송을 몇 번 탄 후에 서서히 방문자가 증가하더니 주말이면 휴대전화를 손에 든 사람들로 북적이게 되었다. 상인들은 변화에 재빠르게 적응했다. 주말이면 헌터나 알아볼 만한 고가의 물건을 창고에 넣고 보통 사람들이 지갑을 열 만한 물건을 꺼내 전시했다. 몇몇은 중국에서 사 온 값싼 인테리어 소품으로 가게 한편을 채웠다. 헌터 아닌 사람들에게 중요한 건 그것이 진짜 골동품인지가 아닌, 낡음을 패션처럼 걸치고 돌아다닐 수 있는 기념품이었기에 그것들은 꽤 잘 팔렸다. 이른바 '포토 존'도 생겼다. 해시태그가 붙은 수많은 장소 중 가장 많이 언급된 곳은 '레트로 텔레비전 탑'이었다. 우드 프레임 속에 작은 흑백텔레비전들이 높이 쌓인 모양새에 사람들은 열광했다.

사람들이 사진만 찍고 물건을 사지 않는다고 투덜거리던 중고 가전제품점의 주인 양 씨는 어느 날 레트로 텔레비전 탑 앞에 좌판을 깔았다. 쫄쫄이와 건빵, 알사탕 같은 과자를 떼다가 진열해놓고 '과자 구입 시 사진 촬영 가능'이라고 쓴 입간판을 내놓았다. 과자 가격은 터무니없이 비쌌다. 사람들은 투덜거리면서도 건빵과 알사탕을 샀다. 누군가 과자를 사지 않고 사진을 찍으려 하면 양 씨가 파리채를 휘두르며 온갖 욕을 퍼부었기에 그곳은 다른 의미로도 명소가 되었다.

레트로 텔레비전 탑을 배경으로 찍은 수많은 사진이 SNS 속에 쌓여가던 어느 날 소문이 돌았다. 레트로 텔레비전 탑, 그 옆에 난 좁은 길로 들어가면 색다른 가게가 있다더라. 몇몇이 소문에 이끌려 중고 가전제품점과 의류점 사이의 길 안쪽을 힐끔거렸다. 길은 딱 한 사람이 들어가기도 버겁게 좁았고 책이며 옷가지를 담은 상자가 어지럽게 놓여 있어 들어갈 엄두가 쉬이 나지 않았다. 사람들은 양 씨에게 저 안에 진짜로 색다른 가게가 있느냐고 물었다.

"저긴 사람 잡아먹는 귀신 살아, 귀신."

양 씨는 그들을 붙잡고 신이 나서 떠들었다.

"원래는 붙임성도 좋고 잘생긴 할아버지가 하던 가게였어. 차를 얼마나 맛있게 달였는지 몰라. 그 할아버지가 감쪽같이 사라졌어. 땅으로 꺼졌는지, 하늘로 솟았는지. 할아버지가 10여 년 전에 어린애를 한 명 데리고 왔거든. 그 애가 영 불길해. 머리카락은 눈을 다 가리게 더부룩하고 인사도 제대로 안 해. 할아버지가 행방불명되고는 갑자기 그 애가 가게를 이어받았어. 수상하지 않아? 더 이상한 건 말이야."

양 씨의 이야기 솜씨는 목소리의 높낮이를 달리하며 사람들을 끌어당겼다. 점점 더 많은 사람이 양 씨의 이야기에 흥미를 느꼈다.

"그 애, 이상할 정도로 인상이 흐릿해. 아무리 붙임성이 없어도 오고 가면서 보게 되잖아? 그런데 그 애가 딱 어떤 얼굴이다, 하고 기억하는 사람이 아무도 없다니까. 눈 코 입이 다 흐릿해. 꼭 도깨비처럼! 그게 귀신이 아니고 뭐야. 자기를 길러준 사람을 잡아먹고 자리를 차지했다는 귀신, 딱 그거지."

이야기는 SNS를 통해 빠르게 퍼져나갔다. 그 이야기는 누군가의 발길을 더욱 머뭇거리게 했지만, 호기심에 찬 누군가를 길 안쪽으로 떠밀기도 했다. 옷이 더러워지는 걸 감내하며 골목 안으로 들어간 사람들은 흥분한 것도 아니고 실망한 것도 아닌, 애매모호한 표정으로 되돌아 나왔다.

"가게가 있긴 있어. 호랑골동품점이란 간판이 달려 있더라. 밖에서는 안이 잘 안 보여서 뭘 파는지 모르겠어. 딱히 으스스한 분위기는 아니었어."

그들이 내민 사진에는 긴 돌담과 목제 현관문을 가진 2층 한옥이 찍혀 있었다. 어디서나 볼 수 있는 평범한 개량 한옥이었다.

"영업시간이 밤 11시부터 새벽 4시까지야. 장사 안 하겠단 소리 아니야, 이거?"

"귀신 어쩌고 하는 거, 그냥 노이즈 마케팅인 것 같은데."

밤 11시는 낡음을 바삐 소비하고 다른 곳으로 떠나야 하는 방문객들이 시장에 머물 이유가 없는 때였다. 술도 음악도 없는 골목에서, 저녁 7시만 되면 좌판도 장사를 접는 마당에 11시라니. 기웃대던 사람들은 곧 흥미를 잃었다.

호랑골동품점에 잠들어 있다가 밤이 되면 깨어나는 것이 무엇인지, 그들은 알지 못했다.

* * *

짙은 안개가 주변을 에워쌌다. 이곳이 어디인지, 왜 이곳에 있는지 전혀 알지 못했다. 이름도 나이도 기억나지 않았으나 가끔 떠오르는 것들은 있었다. 주먹을 휘두르며 쓸모없는 자식이라 외치는 누군가의 고함이나 굶주림 같은, 떠오르지 않는 편이 나을 기억이었다. 단 하나, 몸을 덥혀주던 푹신한 털의 감촉에 대한 기억만은 좋았다. 그 기억만 반복 재생되었으면 했다. 배고픔도 졸음도 느끼지 못했으나 이상하리만치 추웠다. 안개와 하나가 되면 차라리 편하지 않을까. 웅크려 앉은 내내 안개만 응시했다.

이런 곳에서 뭐 하니?

안개 속에서 뻗어 나온 손이 머리를 쓰다듬었다.

갑자기 왜 이런 곳으로 오게 되었나 싶었는데, 네가 날 불렀구나.

부른 적 없어.

혼자는 싫지? 같이 가자.

긍정도 부정도 하지 않았다. 단지 머리에 닿은 온기를 놓치고 싶지 않아 손을 꽉 붙잡았다.

그래, 발견한 이상 어쩔 수 없는 거구나.

무엇이 어쩔 수 없다는 거였을까. 당신은 이리될 걸 알았을 텐데 왜 내 손을 놓지 않았을까. 언제나 물어보고 싶었다. 왜 나를 데리고 나왔느냐고. 시계의 알람이 요란하게 울렸다.

"……이번에도 물어보지 못했네."

이유요는 손을 뻗어 머리맡에 둔 시계의 알람을 껐다. 책을 읽다가 깜빡 잠이 든 모양이었다. 창으로 새어 들어오던 석양이 사라진 방 안은 완전한 어둠에 잠겨 있었다. 곳곳에 가득 쌓인 책 냄새가 어둠 속에서 유독 강렬하게 몰려왔다. 이유요가 생활하는 호랑점의 2층 다락방에 있는 것이라곤 침대와 무질서하게 쌓인 수백 권의 책뿐이었다. 책은 대부분 사부의 것으로 풍수와 역학에 관한 서적들이었다. 이유요도 가끔 들춰 보았지만 내용을 전부 이해할 순 없었다. 이유요는 매끄럽게 어둠을 가로질러 1층으로 연결된 계단을 걸어 내려갔다.

사부는 꽤 유명한 풍수학자였다. 종종 대학에서 교수들이 찾아와 논쟁을 벌이거나 수상한 차림새의 풍수가나 무당이 찾아와 물건을 맡기곤 했다. 사람만이 아니었다. 이형의 것들도 사부를 찾아왔다. 사람은 질색이라 투덜거리는 것들도, 사부에게는 이상하리만치 고분고분했다.

네가 마지막 호미가 되겠다더니, 결국 데려왔구나.

어스름하게 흔들리던 푸른빛과 매혹적인 향기. 인간의 모습을 하고 있으나 온몸을 짓누르는 기운을 뿜어내는 것들에게 둘러싸인 일을 어찌 잊을 수 있을까. 그 기운 때문에 며칠 동안 열이 나거나 토한 적도 있었다. 그럼에도 그들이 찾아오면 어린 이유요는 꿋꿋이 자리를 지켰다. 혹시 사부와 그들이 나누는 대화를 들으면 알 수 있을까 싶어서였다.

이 아이에게 물려주면 넌 이곳을 떠나야 해.

이 애는 새로운 호미가 되기에는 약해.

사부, 이제까지 만난 호미 중 네가 가장 완벽해. 그런데 왜 굳이…….

사부는 이유요에게 모든 것을 알려주었다. 사부의 눈썹에 난 한 가닥의 흰 털이 무엇인지, 그게 어떤 힘을 가졌는지, 호랑점이 무엇을 하는 곳인지, 지금의 호랑점이 이 골목에 자리 잡은 건 10여 년 전이고 그 이유는 땅의 기운이 좋아서란 것 등등. 그러나 몇 번을 물어도 단 하나만은 말해주지 않았다.

왜 이유요를 데리고 온 것인가.

사부는 1년 전에 사라졌다. 어디로 떠난 것인지, 죽었는지 아닌지도 알 수 없었다. 사부가 붉은 달빛 아래에서 홀연히 모습을 감춘 그날, 이유요의 눈썹 한가운데 흰 털이 돋아났다. 그것을 뽑아 없애면 사부가 돌아올까 싶었다. 어차피 다시 혼자가 될 거라면 영원히 안개 속에 있는 게 나았다고 중얼거리며 며칠간 거울 앞에서 눈썹과 씨름을 했다. 그러나 흰 눈썹은 꼼짝도 하지 않았다.

멍. 1층에서 동이 재촉하듯이 짖었다.

"예, 갑니다. 가요."

이유요는 1층의 전등 스위치를 켰다. 가게 안이 단숨에 환해졌다. 그릇과 인형, 중세 유럽에서나 입었을 것 같은 드레스며 사극의 소품으로 쓰일 듯한 곰방대와 갓까지. 각양각색인 물건들의 공통점은 오래되었다는 것뿐이었다. 적어도 겉으로 보기엔 그랬다. 사방의 벽에 설치된 선반 위 물건을 살피는 이유요를 향해 다가온 동이 제 머리로 그의 엉덩이를 떠밀었다.

"알았어요, 할아버지. 알았다고요."

이유요는 안쪽에서 셔터를 들어 올렸다. 셔터에도 가게 문에도 자물쇠는 채워두지 않았다. 붉은 글씨가 선명한 부적이 각각 한 장씩 붙어 있을 뿐이었다. 들어오는 사람은 두렵지 않았다. 막아서도 안 되었다. 만약에 누군가 이곳에 이끌린다면, 그것은 응당 일어나야 하는 일이었기 때문이다. 그 이끌림을 제어할 정도의 힘을 이유요는 지니고 있지 않았다.

그러나 가끔, 이끌림을 만들어내 가게 밖으로 나가려 하는 것들이 있었다. 이유요의 임무는 그런 일을 막는 것이었다. 되도록 이 가게 안에서 그들이 정화되도록 도와야 했다.

문을 열자 차가운 밤바람이 가게 안으로 밀려 들어왔다. 이유요는 가로등 불빛 하나 없이 까만 어둠에 가만히 숨결을 내뿜으며 잠시간 바깥을 바라보았다. 아무리 기다려도 돌아오는 이는 없었다. 며칠, 몇 주, 몇 달간 이어진 기다림 끝에 이유요는 결심했다.

절대 아무도 데려오지 않겠다고.

이유요는 가게 밖으로 나가 담장 한쪽에 걸린 나무 팻말을 어루만졌다. 그 앞면에는 '닫힘', 뒷면에는 '열림'이라는 글자가 쓰여 있었다.

밤 11시에서 새벽 4시까지 문을 여는 골동품점.

주변에서 '귀신 들린 가게'라고 불리는 곳.

호랑점의 문은 아직 굳게 닫힌 채였다.

1

19세기, 영국 브라이언트앤드메이 성냥

또다. 또 라이터가 고장 났다.

김규리는 신경질적으로 라이터 휠을 돌렸다. 몇 번이고 돌려도 불꽃은 피어오르지 않았다. 벌써 다섯 개째였다. 집에서는 멀쩡하게 켜지던 라이터가 회사 흡연실에서 사용하기만 하면 고장이 났다. 콱 끊을까, 담배. 김규리는 흡연실 한쪽에 놓인 쓰레기통에 라이터를 던졌다. 오늘로 콜센터에서 일한 지 1년이 된다. 김규리는 매일 이날이 오기를 바랐다. 1년 근무를 채우면 퇴직금을 받을 수 있었으니까. 그러면 콜센터를 그만두고 취업 준비만 해도 한동안은 버틸 수 있을 것이다. 그런 믿음으로 달력에 붉은 동그라미를 쳐나갔다. 동그라미가 늘어날수록 손바닥에 밴 니코틴 냄새도 진해졌다.

콜센터 근무 첫날, 끊임없이 걸려오는 전화에 허덕거리고 있을 때 옆자리 동료가 김규리의 옆구리를 찔렀다. "가자, 우리 차례야." 어딜 가는지 알지도 못하고 무작정 따라나섰다. 잠깐이라도 헤드폰을 벗을 수 있으면 지옥에라도 쫓아갈 수 있을 것 같았다. 동료가 향한 곳은 흡연실이었다. 휴게실을 지나 테라스 구석에 설치된 흡연실은 밖에서 안이 훤히 들여다보이는 컨테이너 박스였다. 김규리는 차마 담배를 피우지 않는다는 말을 하지 못하고 한쪽에 서서 다른 사람들이 내뿜는 연기를 들이마셨다. 상담실 안에서는 시선 한 번 마주치지 않던 사람들이 그 안에서는 서로를 보며 깔깔 웃었다. 속사포로 팀장에 대한 험담을 쏟아냈다. 말도, 담배를 피우는 속도도 전부 급했다. 그들은 5분도 채 지나지 않아 썰물처럼 흡연실을 빠져나갔다. 김규리는 썰물의 일부가 되어 자리로 돌아갈 때 이곳에서도 살아남으려면 담배가 필수라는 것을 직감했다.

담배, 그놈의 담배.

정직원 전환 탈락을 통보하던 대리의 입에서는 지독한 담배 냄새가 났다. 대학을 졸업한 뒤 1년 넘게 구직 활동을 해 간신히 들어간 회사였다. 하청의 하청을 받는 것이 주 업무인 작은 회사였지만 원하던 홍보 일을 할 수 있게 된 것에 만

---

1. 19세기, 영국 브라이언트앤드메이 성냥

족했다. 1년 근무한 후 정직원으로 전환되는 조건이었기에 김규리는 최선을 다했다. 누구보다 일찍 출근해 청소했고 커피 심부름도 도맡아 했다. 작성한 기획서도 좋은 평가를 받았다. 김규리의 입사 동기이자 라이벌인 최는 툭하면 지각을 했고, 간단한 업무에서도 실수하기 일쑤였다. 최가 열심히 하는 거라곤 다른 직원들과 어울려 담배를 피우는 것뿐이었다. 최는 한 시간에 한 번씩 꼬박꼬박 자리를 비웠다가 매캐한 담배 냄새와 함께 돌아왔다. 김규리는 방향제를 뿌리며 정직원이 되는 것은 자신이리라 확신했다.

그러나 정직원이 된 건 최였다. "김규리 씨는 아직 젊잖아. 최는 나이도 있고 부모님께서 건강도 좋지 않다더라고. 김규리 씨는 용돈 받아서 쓰겠지만, 저쪽은 보태야 한다니까." 대리는 함께 담배를 피우며 들었던 최의 신세 한탄에 가산점을 줬다. 1년 더 계약직을 하지 않겠느냐는 제안을 거절하고 집에 돌아온 날, 김규리는 술을 마시며 사회의 불합리함을 성토했다. 다음 날 숙취와 함께 후회가 몰려왔다. 계약직이라도 1년 더 할걸. 회식 자리에서 팀장이 허리를 만질 때 피하지 말고 모른 척할걸. 모든 것이 적당히 분위기를 맞출 줄 몰랐던 자신의 탓인가 싶었고, 재취업 기간이 길어지며 서류 심사에서 탈락하는 횟수가 늘어날수록 자학도 깊어졌다. 다음 직장에서는 무리를 벗어나지 않으리라 다짐했다.

그래서 김규리는 담배를 피웠다. 콜센터는 잠시 돈을 벌기 위해 스쳐 가는 곳일 뿐, 직장은 아니라고 되뇌면서 연기를 내뿜었다. 또다시 무리에서 떨어져 나가는 경험을 하고 싶진 않았다.

하지만 이제 곧 탈출이었다. 그래, 1주년 기념이었다. 오늘부터 금연을 하자. 아무래도 다른 회사에 면접을 보러 갔을 때 담배 냄새가 나면 좋지 않을 것이었다. 김규리는 흡연실을 나서며 다시 한번 금연을 결심했다. 혹시 모르잖아. 금연에 성공하면 서류를 낸 곳에서 좋은 소식이 올지도. 상담실로 돌아가는 김규리의 머릿속도 발도 모두 분주했다. 상담실이 가까워질수록 금연의 의지는 어디론가 사라지고 그 자리를 커피잔이 채웠다.

커피잔, 커피잔을 얼른 치워야 했다.

김규리는 자리에 앉자마자 상태를 온(on)으로 바꾸었다. 그러자 모니터에 떠 있던 커피잔 아이콘이 사라졌다. 커피잔이 너무 오래 떠 있으면 띠링 띠리리링 땅땅, 하는 유쾌한 음악 소리가 울려 퍼졌다. 이 음악이 자주 울리면 흡연실과 연결된 테라스 문이 잠겨버리기에 주의해야 했다. 연기로 희뿌연 천국이 사라지면 험악한 표정만 남게 된다. 그건 담배를

---

1. 19세기, 영국 브라이언트앤드메이 성냥

피우러 간 옆자리 동료의 콜을 기꺼이 대신 받아주는 이유이기도 했다.

곧 인바운드 콜이 몰려들었다. 김규리는 전화를 받고, 매뉴얼대로 응대했다. 미소 띤 음성과 생동감 있는 어미를 구사할 것. 그러나 정확하고 빠르게! 친절과 신속이 공존하기 어렵다는 걸 매뉴얼 작성자는 모르는 게 분명했다. 김규리는 습관적으로 죄송하다는 말을 내뱉고 욕설이 심장에 꽂힐 때의 따끔거림을 짐짓 모르는 척했다. 헤드폰이 귀를 눌러 두통이 날 듯했다. 김규리는 저녁 식사 시간이 되자마자 건물을 뛰쳐나가 담배를 꺼내 물었다. 오늘은 나이트 근무라 밤 11시가 되어야 일이 끝날 터였다. 퇴근까지 다섯 시간이나 남아 담배를 피우지 않고는 견딜 수 없었다. 띠링. 그때 휴대전화에서 메일 도착 알림이 울렸다. '아쉽지만 이번 채용에서는 귀하와⋯⋯.' 그 이상은 읽을 필요도 없었다. 휴대전화를 다시 주머니에 넣고서야 고장 난 라이터를 버린 것이 기억났다.

김규리는 담배 끝을 잘근잘근 씹으며 주변을 둘러보았다. 분주하게 움직이는 사람들 사이에서 콜센터 건물을 노려보고 있는 여자가 시야에 들어왔다. 여자는 커다란 패널을 목에 건 채였다. 그 패널에 무어라 쓰여 있는지 김규리는 보지 않아도 잘 알았다.

"진짜 되는 일 없네."

물었던 담배를 주머니 안에 구겨 넣었다.

* * *

김규리는 길 한복판에서 멈췄다. 거주 중인 원룸은 버스 정류장에서 큰길을 따라 도보로 20분 정도 걸렸다. 큰길은 제법 큰 규모의 골동품 시장을 끼고 돌아 원룸 주택가로 이어졌다. 골동품 시장을 가로지르면 시간을 단축할 수 있었지만, 김규리는 평소 큰길로 다니기를 고집했다. 돌아가는 것보다 꼬불꼬불한 골목길을 헤매는 것이 더 싫었다. 밤늦은 시간에는 시장 안쪽에서 무언가 튀어나올 것 같아 무섭기도 했다.

하지만 피곤하다.

나이트 근무가 힘든 게 하루이틀은 아니었지만 유독 피곤한 날이 있었다. 고객에게 단 한 번도 고맙다는 말을 듣지 못했거나 팀장에게 잔소리를 들었거나 담배를 한 대도 피우지 못한, 그런 날이었다. 김규리는 한시라도 빨리 집으로 돌아가 담배를 피우고 싶었다.

1. 19세기, 영국 브라이언트앤드메이 성냥

편의점에서 라이터를 살 걸 그랬다. 그깟 것 1000원밖에 하지 않는데. 하지만 월말마다 그깟 1000원이 아쉬웠던 게 한두 번이 아니었다. 콜센터에서는 매달 직원들의 등급을 나눈 평가표를 배부했다. 등급에 따라 인센티브를 받을 수 있었는데, 김규리는 늘 제일 낮은 D등급이었다. D등급의 인센티브는 5만 원, 담배 한 보루 금액 정도였다. 그런데 어쩐지 평가표를 받기 전에는 이번 달이야말로 B등급쯤 받았으리라는 자신감이 차올랐다. 그 근거 없는 자신감은 야식을 시킬까 말까 할 때 좋은 핑곗거리가 되었다. 이번 달에는 적어도 10만 원은 더 들어올 테니 치킨 한 마리쯤은 괜찮다면서 쓴 돈이 결국 월말에 목을 졸랐다.

김규리는 망설이다가 시장 안쪽으로 걸음을 옮겼다. 신중하고도 빠르게 골목을 가로질렀다. 하지만 안으로 들어갈수록 제대로 된 방향으로 가고 있는지 알 수 없었다. 어둠은 모든 것을 감싸 두루뭉술하게 만들었다. 김규리는 점점 걸음이 빨라졌다. 그러다 한쪽 발을 헛디뎠다. 제 몸을 감싸안고 걷던 탓에 중심을 잡을 새도 없이 넘어졌다. 괜한 짓을 한 걸까. 손으로 바닥을 짚는데 후회가 몰려왔다. 평소에 가던 대로 갈 걸 그랬나, 그저 담배를 피우고 싶었을 뿐인데 그게 무슨 큰 욕심이라고 이런 일까지 겪어야 하나 싶었다.

운이 없었다. 신이 온갖 요소를 넣어 인간을 빚는다면 김규리라는 인간을 빚을 때에는 운을 쏙 빼놓은 게 틀림없었다.

김규리의 부모는 경제적으로도 정서적으로도 버석하게 말라버린 잎사귀 같은 사람들이었다. 김규리는 서울에 있는 대학에 합격하자마자 독립해서 아르바이트로 집세와 생활비를 벌었다. 학자금 대출을 받았기에 빨리 취직해서 돈을 벌어야 한다는 압박감이 어깨를 짓눌렀다. 그렇기에 뭐든 열심히 했다. 공모전, 자격증, 인턴 등등. 하지만 아무리 발버둥을 쳐도 부모의 지원을 받는 친구들을 따라잡을 수 없었다. 아르바이트를 하는 틈틈이 영어 단어를 외우는 것으로 종일 학원 강의를 듣는 친구들보다 높은 토플 점수를 받을 수 있을 만큼 머리가 좋지도 않았다.

어둠이었다. 몸 안에 꾹꾹 밟아 넣어둔 서러움이 밀려 올라오는 것은 이 어둠 때문이었다. 김규리는 몸을 일으켰다. 무릎이 따끔거려 더듬어보니 바지에 커다란 구멍이 나 있었다. 한참이나 허리를 숙인 채 눈물을 참았다. 저녁 바람이 매섭게 몸 안으로 파고들었다. 다시 양팔로 몸을 감싸 안는데 희미한 온기가 뺨에 와 닿았다. 고개를 돌려 옆을 본 김규리의 아랫입술이 가볍게 벌어졌다.

좁은 골목 안쪽에서 새어 나오는 희미한 불빛, 새까만 어

1. 19세기, 영국 브라이언트앤드메이 성냥

둠을 밝히는 빛에 김규리는 홀린 듯 그쪽으로 향했다. 추운 겨울날 창문 너머 따뜻한 난롯가의 온기를 갈구하던 성냥팔이 소녀처럼, 어떻게든 어둠에서 벗어나고 싶다는 욕망뿐이었다. 좁은 골목길을 힘겹게 걸어갈수록 빛은 점점 선명해졌다.

빛을 따라 도착한 곳은 가게였다. 간판에 호랑골동품점이라고 쓰여 있었다. 입구 쪽이 유리인 대부분의 가게와 달리, 돌담이 견고하게 안을 가리고 있어 어딘가 손님을 거부하는 듯한 분위기를 풍겼다. 김규리는 문손잡이를 쉬이 돌리지 못하고 안쪽만 힐끔거렸다. 그러나 계속 망설이기엔 빛의 유혹이 너무 컸다.

"실례합니다."

김규리는 조심스럽게 가게 안으로 들어갔다. 한 발을 내딛자마자 온몸에 들러붙어 있던 찬 기운이 녹아내리듯 사라졌다.

"어서 오세요."

독특한 목소리가 김규리의 귓가에 닿았다. 중성적인 저음의 목소리였다. 김규리는 카운터에 앉은 이유요를 바라보았다. 가장 먼저 눈에 들어온 건 눈썹이었다. 검은 눈썹 한가운데에 흰 털이 한 가닥 나 있었다. 그 털이 다른 모든 특징을 집어삼킨 듯 얼굴의 다른 부분은 이상하리만치 인상에 남지 않았다.

"다치셨군요. 들어오셔서 이쪽에 앉으십시오."

김규리는 이유요가 이끄는 대로 순순히 카운터 앞에 놓인 의자에 앉았다.

"소독약을 가지고 오겠습니다."

김규리는 이유요의 움직임을 따라 시선을 옮겼다. 이유요가 2층 계단을 올라 시야에서 사라진 후에야 가게 안의 모습이 눈에 들어왔다. 천장에 매달린 거대한 사자탈과 빈티지한 모양새의 갖가지 카메라, 온갖 물건이 서로 어울리지 않게 진열되어 있었다. 김규리는 의자에서 일어나 선반 쪽으로 다가갔다.

잡화점일까, 아니면 골동품점일 수도 있겠다. 박물관에 나 있을 것 같은 고풍스러운 도자기를 살피던 김규리의 눈이 한곳에 멈췄다. 바구니 안에 성냥갑이 가득 들어 있었다. 알록달록한 삽화가 그려진 성냥갑 중 하나가 유독 마음을 끌었다. 초록색 바탕에 흰색으로 'BRYANT&MAY'라고 쓰인, 투박한 성냥갑이었다. 다른 성냥갑보다 별반 화려하지도 특이하지도 않았다. 한 가지 다른 점이라면 '판매 금지(not for sale)'라는 태그가 달려 있었다. 하지만 김규리는 도저히 그 성냥갑에서 눈을 뗄 수 없었다.

나를 가져.

나를 가져가.

성냥갑이 속삭이는 듯했다. 김규리는 성냥갑을 살며시 집어 들었다.

"할아버지, 소독약 어디에 있지?"

2층에서 들려온 목소리에 답하듯 카운터 뒤쪽에서 덜컹거리며 몸을 일으킨 무언가의 움직임에 김규리는 저도 모르게 성냥갑을 하나 꽉 움켜쥐었다. 고개를 옆으로 돌리자 커다란 삽살개 한 마리가 계단을 올라가고 있었다. 개의 긴 털이 커튼에 달린 술처럼 흔들리다 사라졌다. 한순간 가게 안에 적막이 내려앉았다.

이곳엔 아무도 없다.

그것을 깨닫자마자 김규리는 가게를 뛰쳐나왔다. 성냥갑을 쥔 채 뒤도 돌아보지 않고 뛰었다. 빛은 점점 멀어졌다. 그러나 성냥을 가졌단 기쁨은 아가리를 벌린 어둠 속으로 기꺼이 뛰어들 정도로 컸다. 김규리는 한참이나 시장 안을 헤매다가 다시 큰길로 나온 뒤에야 뜀박질을 멈췄다. 환한 가로등 불빛을 마주하자 정신이 번쩍 들었다.

"도둑질이잖아, 이건……"

성냥갑을 쥔 손바닥이 축축했다. 김규리는 자신이 달려온 길을 돌아보았다. 도저히 그 어둠 속으로 돌아갈 엄두가 나지 않았다.

나중에 돌려주자.

김규리는 성냥갑을 바지 주머니에 넣었다.

* * *

"이거 또 이러네. 몇 개째야."

박이 신경질을 내며 라이터를 바닥에 던졌다. 흡연실에 들어선 다른 사람들도 마찬가지였다. 저마다 담배를 입에 문 채 라이터 휠을 돌렸지만, 누구의 것도 불이 켜지지 않았다.

"라이터 고장 나는 거 말이에요."

윤이 틱, 하고 몇 번 더 휠을 돌리다 입을 열었다. 스무 살의 윤은 상담실에서 가장 어렸다.

"미선 아줌마 장례식 다음 날부터 그랬던 것 같지 않아요?"

묘한 정적이 흡연실에 내려앉았다. 사람들은 빠르게 서로의 눈치를 살폈다. 이미선의 장례식에 단체로 부조금을 걸어 냈던 것이 한 달 전이었다. 그날 이후 아무도 그 이름을 입에 올리지 않았다.

1. 19세기, 영국 브라이언트앤메이 성냥

"무슨 그렇게 흉한 소리를 해? 뇌출혈로 죽은 것도 서러울 텐데."

"그러게. 아니면 뭐야, 아줌마가 원령이 될 만한 이유라도 있어?"

박과 서가 윤에게 눈을 흘겼다. 박과 서는 일명 '경주마'였다. 팀장과의 사이가 돈독해서 아웃바운드 상담 때 좋은 고객 데이터를 제공받고, 월말 평가에서 S등급의 성적표를 받는 상담사들. 그들에게 밉보여 좋을 것이 없음을 누구든 알았다. "그게 아니라……." 윤이 우물쭈물하다가 입을 다물었다. 저럴 거면서 뭐 하러 쓸데없이 입을 열어서는. 김규리는 혹시라도 윤과 눈이 마주칠까 봐 괜히 주머니를 뒤적이는 척했다. 미선 아줌마가 언니를 딸 같다고 얼마나 챙겨줬었는데. 눈이 마주치면 윤이 그렇게 자신을 힐난할 것만 같았다.

툭. 주머니 속에서 무언가 손끝에 닿았다. 성냥갑이었다. 그저께 우연히 들렀던 묘한 가게에서 들고 나온 것이었다. 출근 전에 돌려주려고 시장을 헤매 가게를 찾아갔지만 문이 닫혀 있었다.

"아, 한 대 빨아야 개운한데, 응?"

박이 벽 쪽 의자에서 뭔가를 집어 들었다.

"이런 데 성냥이 있네. 잘됐다."

박의 손에 들린 성냥갑을 본 김규리의 손이 주머니 속에서 분주하게 움직였다. 무엇도 만져지지 않았다. 초록색 바탕에 흰 글씨. 박이 들고 있는 성냥갑은 분명 조금 전까지 김규리의 주머니에 있던 것이었다.

대체 어떻게 된 걸까. 김규리가 어리둥절해하는 사이, 박이 성냥갑에서 성냥을 꺼내 마찰 면에 그었다. 새하얀 성냥 머리에서 불이 타올랐고 박은 재빨리 불길에 담배를 가져다 댔다. 그 순간 불길이 확 치솟아 오르며 박의 앞머리에 닿았다. 박은 비명을 지르며 성냥을 바닥에 던지곤 발로 밟았다. 그러나 불길은 꺼지지 않았고, 더욱 강하게 타올랐다.

"……미선 아줌마."

윤이 신음하듯 중얼거렸다. 이번에는 누구도 윤에게 눈을 흘기지 않았다. 흡연실 안에 있는 모두가 오직 한곳만을 응시했다.

타오르는 성냥의 불꽃.

그 불꽃 속에서 이미선이 체조를 하고 있었다. 살아 있었을 때처럼 기운차게 팔을 위로 들어 올렸다가 내리고, 쪼그려 앉았다가 일어섰다. 불길이 너울거릴 때마다 이미선의 몸도 앞뒤로 흔들렸다. 불꽃은 타올랐을 때처럼 갑자기 사그라졌다. 불길도, 이미선도 사라지고 바닥에는 까맣게 탄 성냥만 남았다. "미친." 박이 욕설을 내뱉으며 성냥갑을 바닥에 던지곤 흡연실을 나갔다. 다른 사람들도 모두 사라지고 김규리만 남았다. 김규리는 가만히 서서 다 타버린 성냥을 바라보았다.

이미선은 뇌출혈로 죽었다. 사실이다. 그러나 그것만이 전부는 아니었다. 이미선은 타 죽었다. 저 성냥처럼, 자기 자신을 끝까지 태우다가 소진되어 죽었다.

* * *

이미선은 오지랖 넓은 아줌마였다. 54세. 삼십대 중반부터 파견직으로 대여섯 군데의 콜센터를 돌면서 일했기에 팀장이나 센터장보다 경력도, 나이도 많았다. 그 때문인지 팀장은 다른 상담사들을 이름이나 번호로 불렀지만, 이미선은 '아줌마'라고 불렀다. 그 호칭이 친근함의 의미가 아니라는 것은 그의 어투만 들어도 알 수 있었다. 특히 이미선이 오지랖을 부려서 팀장이 아줌마의 '아'를 길게 늘여서 부를 때, 그 한 음절에 담긴 멸시의 기운은 다른 상담사들에게도 스며들었다. 그들은 이미선을 팀장처럼 아줌마라고 불렀다. 윤처럼 친근하게 '미선 아줌마'라고 부르는 이는 많지 않았다. 어느 쪽도 택하지 못한 김규리만 이미선을 '언니'라고 불렀다.

팀장은 이미선의 오지랖을 싫어했다.

이미선은 담배를 피우지 않았다. 그럼에도 흡연실을 찾아와 사람들에게 박하사탕을 나누어 주곤 했다. 기꺼이 받는 이는 몇 명 되지 않았다. 박은 대놓고 비아냥거리기도 했다. "이거 먹고 담배 그만 피우라고 꼽주는 거예요?" 김규리는 박의 눈치가 보여 사탕을 받고 싶지 않았지만 결국 받곤 했다. 이미선의 오지랖 덕을 톡톡히 봤기 때문에 차마 거절할 수 없었다. 진상 손님에게 대처하는 법, 콜백을 잘 잡아야 하는 이유, 고객 정보가 섞이지 않게 정리하는 법 등등 다른 상담사들은 쉽게 가르쳐주지 않는 노하우를 선물 보따리처럼 안겨준 것이 이미선이었다.

"아줌마 때문에 물 다 흐려. 저런 걸 다 가르쳐주면 어쩌라고, 상담사끼리 경쟁을 해야 실적이 잘 나올 거 아냐."

팀장은 실적 좋은 상담사를 경주마라고 불렀고, 경주마들끼리 경쟁하길 바랐다. 그래서 실적 좋은 이미선이 신입 챙기는 것을 못마땅해했다. 레인을 벗어난 경주마란 거였다.

"팀장 말이 맞지, 뭐. 그래봤자 머리 검은 짐승 거두는 거야. 아줌마도 모르지 않을 텐데."

"자기 실적이 언제까지 좋을 줄 아나 봐."

1. 19세기, 영국 브라이언트앤드메이 성냥

흡연실에서도 심심치 않게 이미선에 대한 험담이 오고 갔다. 이미선도 그 사실을 모르지 않았다.

"뭐, 어때. 규리 씨, 그거 알아? 아줌마는 원래 남의 집 엄마를 부르는 말이야. 그런데 난 남의 집 엄마나 우리 집 엄마나 똑같다고 생각하거든. 엄마는 원래 미움받는 법이야."

이미선은 그렇게 말하며 깔깔 웃었다.

어느 날 이미선이 회사에 '몸 펴는 시간'을 건의하자고 했다. 하루에 10분씩 두 번, 다 같이 체조를 하자는 거였다. 그 시간과 장소를 확보하기 위해 단체 행동을 하자는 제안에 모두가 어이없어했다.

"고작 20분 운동하자고, 회사에 밉보일 일을 벌이자고?"

"고작이 아니야. 우리 하루에 아홉 시간이나 일하면서 잠깐 담배 피우고 커피 뽑으러 가는 2, 3분 말고는 꼼짝 못 하고 앉아만 있잖아. 내가 딸한테 들었는데, 사람이 일단 몸을 쭉 펴야 마음도 펴진대."

"어이구, 많이 배운 딸 둬서 좋겠네. 단체 행동, 회사가 제일 싫어하는 일인 거 몰라?"

누구도 이미선의 제안을 반기지 않았다. 윤조차 난감해했다. 다른 콜센터에서 상담사들이 노동조합을 만들었다가 회사 쪽과 트러블을 겪고 있단 소문이 무성했다. 회사에서 노동조합을 와해시키려고 일부러 신규 채용을 하지 않아 기존 상담사들의 업무량이 배로 늘었단 거였다. 본래 퇴사자가 많고 인원 변동이 잦은 콜센터에서 업무를 과중시키는 건 노동조합 와해에 가장 많이 쓰이는 전략이었다. 일단 옆자리 동료와 정붙일 틈을 주어선 안 된다는 걸 회사는 잘 알았다. 타인의 체온이 온기로 느껴지지 않게 경쟁과 분열이란 이름의 냉기를 적절하게 불어넣는 것. 부당함과 착취를 골조로 세워진 회사일수록 효과적으로 냉기를 생성해냈다.

그렇게 이미선의 제안은 흐지부지 없던 일이 되는 듯했다. 이미선이 일을 하다 말고 복도로 나가 체조를 하기 전까지만 해도 말이다. 이미선은 매일 오후 4시와 6시, 두 번 복도에 나가 10분씩 체조를 하기 시작했다. 하루이틀은 괜찮았다. 그러나 이미선의 제안을 거절한 것이 미안해 콜을 대신 받아주던 사람들도, 나흘이 넘어가자 불평을 터뜨렸다. 일주일째 되던 날, 조회 시간에 팀장은 공개적으로 이미선을 규탄했다.

"아줌마, 왜 이리 이기적이야? 아줌마가 자기 몸 챙긴다고 체조하는 동안 다른 동료들이 일 떠맡는 거 안 보여? 다들 화장실도 손 들고 순서대로 가는 거 몰라서 이래?"

"팀장님, 그게 문제라고요. 화장실 갈 시간도 없어서 순번

.

1. 19세기, 영국 브라이언트앤드메이 성냥

정하는 게 정상인가요? 10분 정도 몸도 펴지 못하는 게 정상인가요? 당장 함께하기 힘들면 팀 나누어서 하자고요."

"아줌마, 우리 상담 시간이 건당 평균 2분이야. 10분 체조하는 동안 다른 사람들이 서너 배로 일해야 한다고. 말이 서너 배지, 불가능한 일인 거 알잖아. 콜 밀리면, 그 잔업 다 아줌마가 할 거야?"

"전체적으로 콜 수를 줄이면 되잖아요."

"장난해? 그러면 원청에서 참 좋아하겠다. 내 실적은 어쩌고! 아줌마, 불만 있으면 우리한테 하청을 준 회사한테 가서 따져."

"그런 거 조율하라고 팀장님이 있는 거 아닌가요."

"시끄러워! 하여간 꼭 이렇게 자기들만 깬 척, 난 척하는 인간들이 제일 민폐야."

팀장이 콧구멍을 벌름거리며 상담사들을 노려보았다. 김규리는 고개를 푹 숙였다. 팀장과도, 이미선과도 눈을 마주치고 싶지 않았다. 슬쩍 옆을 보니 모두가 고개를 숙이고 있었다.

"다들 쓸데없는 짓 하기만 해!"

팀장의 고함이 더욱 고개를 짓눌렀다.

그날부터 이미선은 철저하게 혼자가 되었다. 혼자 점심을 먹고, 혼자 커피를 뽑으러 갔다. 사람들은 이미선의 인사를 듣지 못한 척했고, 화장실 순번에서도 제외했다. 이미선이 자리를 비워도 콜을 대신 받아주지 않았다. 그래도 이미선은 꿋꿋이 정해진 시간에 복도에 나가 체조를 했다.

"차라리 미선 아줌마가 이전처럼 뻔뻔하게 흡연실에 들어와서 사탕을 나누어 주면 좋겠어. 왜 안 받느냐고, 서운하다고 나한테 막 뭐라고 하면 마음이 좀 가벼워질 것 같아."

석 달이 지났을 때 윤이 김규리에게 고해성사라도 하듯 털어놓았다. 김규리도 비슷한 심정이었다. 차라리 이미선이 규리 씨도 같이하자고, 왜 계속 모른 척하느냐고 화를 내면 마음이 편할 것 같았다. 그러나 이미선은 윤과 김규리에게도 그저 인사만 건넬 뿐, 무엇도 강요하지 않았다. 김규리는 가끔 이미선이 체조를 하러 복도에 나가면 속으로 구령을 셌다. 하나 둘, 하나 둘. 체조를 하는 이미선은 고개를 꿋꿋이 들고 있을 터였다.

한 달 전, 이미선이 김규리에게 휴가 날짜를 바꾸어달라고 부탁했다. 이틀 후인 김규리의 연차를 대신 쓰게 해달란 거였다. 콜센터에서는 월초에 연차 사용 날짜를 미리 지정해 보고하도록 되어 있었는데, 그 날짜가 아니면 조퇴도 좀처럼 할 수 없었다. 연차 수당 지급을 피함과 동시에 운영 인력을 최소로 조정하기 위한 꼼수였다.

"자꾸 코피가 나고 어지러워. 가끔 말도 잘 안 들리고. 조퇴하려 해도 허가해주질 않네. 병원에 예약하고 가도 대기실에서 반나절 가까이 기다려야 한다지, 뭐야. 이번 한 번만 부탁 좀 할게."

연차를 소비하라는 닦달에 끼워 넣은, 아무 일정 없는 휴가였다. 그럼에도 김규리는 일이 있어서, 라고 말끝을 흐렸다. 이미선의 부탁을 들어주었다가 팀장에게 미운털이 박힐까 봐 겁이 났다.

"미안해. 내가 부담스럽게 했나 보네. 일 봐, 응?"

이미선이 김규리의 어깨를 가볍게 토닥거리곤 자리를 떴다.

김규리가 이미선의 부고를 전해 들은 건 휴가 날 아침, 이불 속에서였다. 회사의 단체 메시지에는 상투적인 위로의 말과 장례식이 진행되는 병원명과 영안실의 호수, 부조금 모금을 위한 계좌번호가 적혀 있었다. 김규리는 메시지를 읽자마자 이불을 뒤집어썼다. 잠들었다가 일어나면 메시지가 사라지길 바랐다. 그러나 아무리 자다 깨서 읽고, 또 자다 깨서 확인해도 메시지는 그대로였다. 윤에게서 조문을 같이 가자는 연락이 왔다. "내가 좀 아파." 김규리는 또다시 거짓말을 했다. 부조금만 보냈다.

이미선은 뇌출혈로 세상을 떠났다.

장례가 끝나고, 이미선의 딸이 콜센터로 찾아왔다. 딸은 이미선의 죽음이 산업재해라고, 사과하라고 회사에 요구했다. 팀장은 회사 밖에서 죽었는데 산업재해는 무슨, 하고 코웃음을 쳤다. 딸은 회사를 상대로 소송을 걸었다. 그러곤 콜센터 근처 횡단보도 앞에서 일인 시위를 시작했다.

"잘못을 인정해라! 노동자의 죽음에 책임을! 벌을 받을 겁니다!"

김규리는 출퇴근길에 혹여 딸과 시선이 마주칠까 싶어 고개를 푹 숙였다. 발끝만 보고 걷는 날이 계속되었다.

* * *

김규리는 바닥에서 다 타고 끄트머리만 남은 성냥개비를 집어 들었다. 성냥불 속에서 이미선의 형상이 나타난 것이, 꼭 이미선이 자신을 저주하러 온 것만 같았다. 김규리는 성냥개비를 쓰레기통에 넣고 흡연실을 나왔다. 박이 내던진 성냥갑이 바닥에 나뒹구는 것은 짐짓 못 본 척했다.

"왜 이렇게 자리를 오래 비워?"

김규리가 자리에 앉자 팀장이 다가와 경고했다. 김규리는

1. 19세기, 영국 브라이언트앤드메이 성냥

최대한 부산스럽게 헤드폰을 쓰는 것으로 대답을 대신하며 상담실 안을 살폈다. 흡연실에서 달아나듯 사라졌던 사람 모두 아무렇지 않은 듯 바쁘게 상담을 진행하고 있었다.

잘못 본 거다. 피곤해서 눈 뜬 채 꿈이라도 꾼 게 분명하다. 김규리는 관자놀이를 꾹 눌렀다. 이미선의 장례식 이후부터 도통 일에 집중할 수가 없었다. 아웃바운드 콜을 걸어야 하는 목록이 밀려서 초과근무를 한 것도 여러 날이었다. 상담이 건성이라 기분이 나빴다는 항의도 네 건이나 받았다. 좋은 월말 평가는 이미 기대할 수 없었다. 김규리는 자기 뺨을 가볍게 두드리고, 아웃바운드 목록을 확인하려고 모니터 아래쪽을 봤다.

성냥갑이 있었다.

흡연실 바닥에 떨어져 있던 성냥갑이 난데없이 책상 위에 놓여 있었다. 김규리의 눈가가 파르르 떨렸다. 기계적으로 멘트를 내뱉으면서도 상대의 말이 전혀 귀에 들어오지 않았다. 눈앞에 성냥갑이 자꾸만 어른거렸다. 결국 김규리는 두 눈을 질끈 감고 성냥갑을 집어 발치에 놓인 쓰레기통에 던져 넣었다. 그러곤 발끝으로 쓰레기통을 책상 아래 깊숙이 밀어 넣었다. 콜을 걸고 또 걸었다. 자꾸만 떠오르는 초록색 성냥갑을, 불 속에서 체조하던 이미선의 모습을 잊으려고 애썼다. 한참을 일하다 보니 요의가 느껴졌다. 허락을 받고 상담실을 나갔다.

"무서워라. 대체 뭐야, 그 성냥?"

"귀신 붙은 거 아냐? 그런 걸 막 버렸다가 저주받는 건 아니겠지?"

화장실로 향하는 김규리 옆으로 다른 상담사들이 지나갔다.

"그 불길 속의 여자, 여기 직원 맞지? 얼마 전에 죽은 사람."

설마. 하지만 그건 쓰레기통에 버렸는데. 김규리는 몸을 돌려 급히 상담실로 돌아갔다. 책상 안쪽 깊숙이 밀어둔 쓰레기통을 꺼내 속을 들여다봤다. 없었다. 조금 전에 버렸던 성냥갑이, 쓰레기통 어디에도 없었다. 쓰레기통 안을 뒤지던 김규리는 문득 엉덩뼈 쪽에서 무언가를 느꼈다. 주머니 안에 각진 무언가가 들어 있었다. 손을 넣어 그것을 꺼낸 김규리는 비명이 터져 나오려는 걸 간신히 삼켰다. 성냥갑이었다. 초록색 바탕에 쓰인 흰 글자들이 하얗게 이를 드러내고 웃는 것만 같았다. 김규리는 정신없이 상담실 창가로 달려가서 닫힌 창문을 열었다.

"야! 김규리, 뭐 해. 창문 닫아!"

팀장이 소리를 질렀다. 상담실 창문을 여는 건 원칙적으로 금지였다. 외부 소음을 차단해야 한다는 게 이유였다. 김

1. 19세기, 영국 브라이언트앤드메이 성냥

규리는 팀장의 성난 목소리를 뒤로한 채, 창문 밖으로 성냥갑을 던졌다.

그날 밤 김규리는 악몽을 꿨다. 성냥에서 치솟아 오른 불길이 제 몸을 휘감는 꿈이었다. 몸부림치다 땀에 흠뻑 젖은 채 잠에서 깼다. 꿈이구나 싶어 숨을 몰아쉬며 몸을 일으켜 앉았다. 고개를 숙인 채 양손으로 얼굴을 쥐어뜯듯이 하다가 눈치챘다. 주변이 밝았다. 누군가 머리 위에서 손전등이라도 흔들고 있는 것만 같았다. 분명 불 꺼진 방에서 눈을 떴는데 왜 이렇게 밝은 걸까.

보고 싶지 않다. 확인하고 싶지 않다.

그러나 언제까지고 모른 척할 수 없는 노릇이었다. 결국 김규리는 얼굴에서 손을 떼고 고개를 들었다. 끈이었다. 길고 흰 끈이 김규리의 코앞에서 나풀거렸다. 끈을 따라 조금씩, 김규리의 시선이 위로 향했다. 턱을 들고 천장을 봤다. 은은한 녹색이 감도는 빛 덩어리가 천장에 달라붙어 있었다. 석가탄신일에 거리 곳곳에 달려 있던 등에서도 저런 빛이 났었다. 눈을 가느다랗게 뜨고 자세히 보려는데, 그것이 아래로 떨어져 김규리의 눈앞에서 멈췄다. 미처 눈을 감을 새도 없이 마주 보게 된 건 등이 아니었다.

무명천으로 턱을 감싼 여자의 얼굴이었다.

김규리와 눈이 마주치자 여자는 히죽 웃었다. 턱을 감싼 천이 느슨해지며 듬성듬성 이가 빠진 입안이 깊은 동굴처럼 열렸다. 아래턱이 반쯤 녹아 입안에 가득 찬 녹색의 액체가 천을 적셨다. 뚝. 여자의 입에서 흘러나온 액체가 김규리의 무릎 위로 떨어졌다. 피하려 했지만, 온몸이 돌처럼 굳어버린 듯 꼼짝할 수 없었다. 여자의 얼굴은 점점 가까워졌다. 눈조차 감기지 않아서 김규리는 점차 다가오는 여자의 얼굴을 정면으로 마주해야만 했다. 부릅뜬 눈가에 눈물이 고였다. 눈물이 흘러내리자 손가락 끝이 움직였다. 김규리는 이불을 뒤집어썼다. 한참 동안 몸을 웅크리고 있던 김규리가 이불 밖으로 나온 건 휴대전화 알람이 울린 뒤였다. 고시텔의 조그마한 창문 너머로 어스름한 아침 햇살이 새어 들어오고 있었다.

"……사라졌어."

긴장이 풀리자 온몸에 힘이 쭉 빠지며 졸음이 몰려왔다. 하지만 출근을 해야만 했다. 김규리는 휘청거리며 일어나 세수를 하고 벗어놓았던 옷을 주워 입었다. 나갈 채비를 마치고 어지럽게 널브러진 이불의 양 끝을 붙잡고 털었다. 지난밤의 악몽까지 모두 털어낼 심사로 있는 힘껏 이불을 들었다가 놨다. 순간 이불 속에 파묻혀 있던 무언가가 바닥에 굴러

1. 19세기, 영국 브라이언트앤드메이 성냥

떨어졌다. 성냥갑이었다.

김규리는 성냥갑을 움켜쥐고 비명을 지르며 집 밖으로 뛰쳐나갔다. 시장에 도착할 때까지도 계속 비명이 새어 나왔다. 가게 문을 열던 몇몇 상인의 의아한 눈초리를 느낄 새도 없었다. 눈에 익은 레트로 텔레비전 탑과 그 옆으로 난 좁은 길을 발견한 뒤에야 비명은 멈췄다. 김규리는 정신없이 골목을 비집고 들어가 호랑점의 담장 너머로 성냥갑을 던졌다.

"돌려줬어. 난 분명히 돌려줬다고!"

담장 너머에서 돌아온 대답은 침묵뿐이었다. 김규리는 터덜터덜 시장을 빠져나와 큰길에서 버스를 탔다.

"언니, 꼴이 왜 그래? 집에 무슨 일 있어?"

회사에 도착해 윤의 말을 듣고서야, 김규리는 자신이 운동화를 짝짝이로 신고 있단 걸 알았다.

"아니, 그냥…… 좀 그런 일이 있었어."

김규리가 자리에 털썩 주저앉는데, 박이 상담실로 들어오며 짜증을 냈다.

"누구야? 대체 누가 그 성냥, 도로 주워 왔어?"

"성냥?"

"흡연실에 갔더니 그 망할 성냥갑이 또 있잖아!"

성냥이란 단어가 김규리에게 내리꽂혔다. 김규리는 애써

박의 말을 무시하며 컴퓨터를 켰다. 순간 아무것도 들어 있지 않던 셔츠 주머니에서 미묘한 무게감이 느껴졌다. 김규리는 질끈 눈을 감았다. 안에 든 것이 무엇인지 보지 않아도 알 것 같았다.

성냥갑은 몇 번이고 되돌아왔다.

아무리 버려도 흡연실 혹은 김규리의 근처로 되돌아왔고 그때마다 무명천으로 턱을 감싼 여자가 한 명 두 명, 점점 늘어났다. 그들은 김규리와 눈을 마주치며 입을 벌렸다.

무언가 할 말이라도 있는 것처럼.

도저히 잠들 수 없는 날들이 이어졌다.

* * *

흡연실에 귀신 들린 성냥이 있다는 소문은 빠르게 퍼졌다. 성냥을 켜면 불길 속에서 죽은 이미선이 체조를 한다더라. 성냥갑을 창밖에 던져버렸는데도 다시 나타난다더라. 거기서 라이터를 켜면 번번이 고장 날 때부터 이상하지 싶었다. 여러 목격담과 추측이 뒤섞여 몸집을 불린 소문 속에서, 성냥은 이미선이 남긴 저주의 물건이 되었다. 상담사들은 더 이상 흡연실을 찾지 않았다.

1. 19세기, 영국 브라이언트앤드메이 성냥

"귀신은 무슨, 난 그런 성냥 못 봤어. 라이터에 불만 잘 붙더라. 다들 한가한가? 쓸데없이 그런 소문이나 퍼뜨리고."

신이 난 건 팀장뿐이었다. 평소에 상담사들이 흡연실을 더럽게 써서 이용하기 싫다고 투덜거리던 팀장은 아무도 흡연실을 이용하지 않자 방향제까지 사다 놓고 그곳을 드나들기 시작했다.

"미치겠어. 어제도 혼났어. 왜 이렇게 자리를 오래 비우냐고. 옥상까지 가는 데만 5분 넘게 걸리는데 어쩌란 거야."

"담배 피우는 게 유일한 스트레스 해소인데, 안 피울 수도 없고."

"아줌마는 죽고 나서야 팀장한테 아부하는 거야, 뭐야. 왜 팀장 라이터는 멀쩡하게 켜지냐고. 팀장이 우리 말을 안 믿잖아."

점심시간, 흡연실 대신 건물 옥상에 모여 선 사람들이 불평을 터뜨렸다.

"아부는 무슨, 아줌마 원래 팀장한테 뭐라 안 했잖아."

박이 허공에 연기를 길게 내뿜었다.

"아줌마 죽은 거 팀장 때문인 거 누가 몰라? 인원 늘려달라고 몇 번이나 건의했는데 무시했잖아. 원청에 잘 보이려고. 그래도 아줌마는 팀장 욕 한 번을 안 했잖아. 잘못은 개인이 아니라 구조에 있다, 어쩌고 하면서."

"그건 그거고, 죽은 건 이야기가 다르지. 아줌마가 조퇴시켜달라는 거 팀장이 깠잖아. 그때 병원에 갔으면 죽진 않았을 거야. 아무리 아줌마라도 원망할걸."

"하여간 팀장, 그 쌍것."

"언니가 웬일로 팀장 욕을 해?"

서가 신기하다는 듯이 묻자 박이 미간을 찌푸렸다.

"몰라, 아줌마는 왜 뒤진 거니. 사람 싱숭생숭하게……."

"그만들 좀 해요!"

그때까지 묵묵히 담배를 피우던 윤이 박의 말허리를 잘랐다.

"저주니 뭐니 하는 거 더는 못 들어주겠어. 팀장 탓하는 것도 웃겨. 양심도 없어? 미선 아줌마를 앞장서서 따돌린 게 누군데. 미선 아줌마가 다 같이 팀장한테 과일 바구니나 커피 같은 거 갖다주지 말자고 했을 때, 박 언니가 팀장한테 고자질한 거 사람들이 다 알아!"

"뭐? 어린 게 아주 못 하는 소리가 없네. 팀장한테 그런 게 나쁘니? 콜센터 한두 해 다녔어?"

"미선 아줌마가 체조하러 나갈 때마다 욕한 것도 언니잖아!"

"욕먹을 짓이었어, 그건!"

"그게 왜! 다 같이 했으면. 그랬으면 회사도 체조쯤은 하게 해줬을 거야!"

"지랄, 저도 같이 안 했으면서. 야, 김규리. 너도 말 좀 해 봐. 아줌마 죽은 게 내 탓이니? 어?"

날 선 대화의 칼날이 김규리를 향했다.

"……턱이."

김규리가 윤의 어깨 너머를 보며 중얼거렸다. 눈이 퀭하게 꺼진 얼굴에 핏기가 없었다. 김규리는 손을 들어 허공을 가리켰다.

"또야. 또 왔어."

손에 들린 담배에서 붉은 담뱃재가 떨어져 김규리의 발끝에 툭 떨어졌다. 슬리퍼 밖으로 삐죽 튀어나온 흰 양말이 검게 타들어갔다. "언니, 괜찮아?" 김규리에겐 윤의 목소리가 들리지 않았다.

흰 무명천으로 턱을 감싼 흉측한 얼굴들.

확 다 불태워버려.

그 얼굴들이 속삭이는 목소리만이 귓속을 채우고 흘러넘쳤다. 김규리가 아무 반응도 보이지 않자 사람들은 왜 저러느냐고 수군거리다가 우르르 옥상을 떠났다. 점심시간이 끝났다. 윤이 김규리의 팔을 잡아끌어도 꼼짝하지 않았다. 결국 윤도 옥상을 떠났다. 김규리는 홀로 덩그러니 남아 점점 흘러넘치는 말에 잠겨갔다.

"그래, 태우자. 태워버리자."

김규리는 옥상에서 내려와 화장실에서 두루마리 휴지를 통째로 뽑아 들고 나왔다. 여자들이 끊임없이 김규리의 주위를 빙빙 돌며 외쳤다.

불을 붙여. 다 태워버려.

한 손에는 어느새 성냥갑이 들려 있었다. 김규리는 상담실 앞에 멈춰 섰다. 복도는 조용했다. 상담실 안에서는 콜을 받는 기척만 부산스럽게 새어 나왔다.

"태우면 다 끝낼 수 있어."

성냥을 꺼내 불을 붙이려 할 때였다. 누군가 김규리의 손목을 붙잡았다. 주변을 돌던 여자들의 얼굴이 단박에 사라졌다. 손목을 쥐었던 손이 곧 성냥갑을 가져갔다. 김규리는 번쩍 정신이 들었다. 짧고도 깊은 잠에 빠졌다가 깨어난 듯 어안이 벙벙했다.

"회수하러 왔습니다."

김규리는 제 옆에 선 이유요를 쳐다봤다. 호랑점에서 처음 봤을 때처럼 무덤덤한 표정을 보자 왈칵 화가 치밀었다. 여자들에게 시달린 며칠간이 모두 이유요의 탓인 것만 같았다.

"여기 왜 있는 거예요? 다 그쪽이 꾸민 일이었구나. 그렇죠? 분명 트릭 같은 게 있는 거야. 그 여자들도, 성냥이 나타났다 사라졌다 한 것도 눈속임이지? 그렇지? 나한테 왜 그러는 건데!"

김규리는 이유요에게 따져 물었다. 쌓인 피로와 공포가 분노로 바뀌어 터져 나왔다.

"이 아이를 가게에서 벗어나게 만드셨지요."

이유요가 성냥갑을 들어 보였다. 김규리는 일순 꿀 먹은 벙어리가 되었다. 가게에서 성냥갑을 멋대로 들고 나온 건 분명 자신이었다.

"혹시 인중독성 괴사에 대해 아십니까? '인턱'이라고도 합니다."

"몰라요, 그런 거."

"인의 증기에 장기간 노출되면 발생합니다. 쉽게 말하면 아래턱에 염증, 암이 생기는 거예요. 아래턱의 뼈조직에 괴사가 일어나게 됩니다. 지탱할 뼈가 없어지면서 근육이 흘러내리고, 치아가 빠지게 되죠. 드러난 뼈는 녹색으로 빛난다고 하더군요. 19세기 영국, 성냥 공장에서 일하던 소녀들이 공통된 증상을 호소하면서 명명되었습니다. 당시 성냥 공장에서는 백린으로 성냥을 만들었어요. 백린은 반응성이 높아

값싸게 성냥을 만들 수 있었지만 독성도 강했지요. 소녀들은 안전장치 없이 계속 백린 열기에 노출되었습니다. 그중에서도 이 회사……."

이유요가 성냥갑의 흰 글자를 손가락으로 가리켰다.

"브라이언트앤드메이는 중독 증상이 일어나지 않는 적린 성냥이 개발된 후에도 원가 절감을 위해 백린 성냥 생산을 계속했습니다. 그리고 인턱 증상을 보이는 소녀들을 내쫓았지요. 그들은 천으로 턱을 감싼 채 고통을 견뎌야 했습니다. 일곱 살, 여덟 살 아이도 돈을 벌기 위해 일하던 시대입니다. 병원에 갈 여유 따윈 없었겠지요."

천으로 턱을 감싼 여자들. 김규리의 안색이 새파랗게 질렸다.

"그럼 내 눈에 보였던 게……."

"이것은 본래 영국의 성냥수집가가 가지고 있었습니다. 하지만 그 수집가가 운영하던 회사에서 화재가 발생했고, 얼마 후 수집가는 파산해 수집품을 경매에 넘겼지요. 방화범은 수집가의 회사 직원이었는데, 턱이 망가진 여자들이 시켰다고 주장했어요. 경매에서 성냥을 낙찰받은 사람은 미국인이었는데, 그는 자기가 다니던 회사에 불을 질렀습니다. 역시나 여자들의 환영을 봤다고 주장했지요. 비슷한 일이 몇 번이고 반복되었습니다. 불, 회사, 그리고 천으로 턱을 감싼 여자들, 이게 공통점이죠."

김규리는 무너지듯 스르륵 주저앉았다.

"그러니까, 그게 진짜 귀신이란 거잖아……."

"귀신이라고 단정 지을 수는 없죠."

"원혼이잖아요! 어떻게 봐도!"

만약 이유요가 한발 늦었다면 김규리는 방화범이 되거나 화재에 휘말려 죽었을지도 모른다. 김규리의 팔에 오스스 소름이 돋았다.

"대체 왜 그딴 게 가게에 있는 건데요!"

"그런 가게니까요."

이유요는 덤덤하게 대답했다.

"호랑점에 놓인 골동품 중 판매 금지 품목은 이 성냥처럼 사연이 깃든 것들입니다. 그것들은 자신과 비슷한 한이 응축된 사람을 끌어들여 가게를 벗어나려 하지요. 그렇게 멋대로 돌아다니면서 계속 사고를 일으킵니다. 그것도 한을 해소하는 방법이 됩니다만…… 그래서야 사람들에게 해를 끼치게 되니 가게 안에서 한을 정화하는 겁니다. 저는 이걸 '청소'라고 부릅니다. 이 성냥은 청소 전에 손님을 끌어들인 겁니다."

끌어들였다는 말이 김규리의 흥분을 가라앉혔다. 이유요

의 말대로라면 성냥을 훔친 건 자신의 탓이 아니었다. 행동의 책임을 떠넘길 핑계가 생긴 것만으로 온몸을 누르던 긴장이 약간은 사라진 듯했다. 김규리는 손으로 무릎을 짚고 일어섰다. 다시 이유요를 마주 보았을 때 상담실 문이 열렸다.

"뭐 해? 빨리 자리로 돌아가! 일 안 해? 수다 그만 떨고, 빨리!"

상담실에서 나온 팀장은 김규리를 보자마자 짜증을 냈다. 김규리는 고개를 숙였다. 팀장은 혀를 차며 김규리의 옆을 지나 흡연실 쪽으로 사라졌다.

"그래도 다행입니다. 이곳엔 건강한 기운이 남아 있군요. 그 기운이, 손님이 방화를 저지르지 않도록 막아주고 있었네요."

"기운?"

"저기."

이유요가 복도 한쪽을 가리켰다.

"저기에서 체조를 하고 있어요."

김규리는 목이 콱 메었다. 이유요가 가리킨 곳은 매일 이미선이 체조를 하던 곳이었다. 미선 언니. 김규리는 소리 없이 입술을 벙긋거렸다.

"무사히 회수했으니 이만 실례하겠습니다. 어라."

성냥갑을 열어본 이유요의 미간에 주름이 잡혔다.

1. 19세기, 영국 브라이언트앤드메이 성냥

"이거, 쓰셨나요?"

"흡연실에서 몇 번 켰어요."

"타고 남은 성냥개비는요?"

"흡연실에 있는 쓰레기통에 버렸어요."

이유요는 손에 든 성냥갑을 앞뒤로 돌리며 유심히 살펴보았다.

"이번에 마음껏 활개를 쳐서 기운이 많이 정화되었군요. 더 이상 큰일이 벌어지진 않을 겁니다. 만약 이상 현상이 나타나면 가게로 찾아오십시오."

이유요는 성냥갑을 주머니에 넣고 고개를 꾸벅 숙였다. 김규리는 이유요가 몸을 돌려 멀어지는 동안 복도의 한쪽을 응시했다. 허공을 떠도는 먼지가 창밖에서 들어온 빛을 흡수해 춤추는 것처럼 보였다.

"저기요!"

김규리의 부름에 계단을 내려가던 이유요가 뒤돌아보았다.

"그 여자들, 성냥 공장에서 일하던 여자들은 어떻게 되었나요?"

그것을 알아야만 할 것 같았다.

"문제가 계속되자 성냥 공장에서 일하던 여자들이 총파업에 나섰다고 합니다. 1400여 명이 동시에 파업을 시작해서 사흘 후에는 공장 전체가 파업에 동참했습니다. 그 일을 계기로 백린 사용 금지에 대한 베른협약이 체결되었죠."

"그렇구나……."

이유요는 다시 계단을 내려갔다. 김규리는 그제야 손에 든 두루마리 휴지가 풀려 바닥에 길게 늘어져 있단 걸 알았다. 김규리는 먼지가 잔뜩 붙은 휴지를 보다가 피식 웃었다. 휴지를 둘둘 말아 올리는데, 요란한 비명이 들렸다.

"사람 살려. 불이야, 불!"

김규리는 비명이 터져 나오는 복도 끝, 흡연실로 뛰어갔다. 문을 열자 팀장이 두 팔을 허우적거리고 있었다. 얼굴을 일그러뜨리며 불이 붙었다고 소리를 지르는 팀장의 몸은 멀쩡했다. 불은 바닥을 나뒹구는 담배 끄트머리에 남아 있을 뿐이었다.

"물! 물 가져와! 아무나 좀 와줘!"

아무리 소리를 질러도 사람들은 헤드폰을 쓰고 콜을 받느라 팀장의 비명을 듣지 못했다.

"사람이 죽어가는데 다들 뭐 하냐고!"

김규리는 그대로 흡연실 문을 닫았다. 복도로 걸어 나와 이유요가 가리켰던 곳으로 가 섰다. 체조를 하는 것처럼 몸을 쭉 펴며 그동안 입안으로만 웅얼거렸던 구호를 외쳤다.

1. 19세기, 영국 브라이언트앤드메이 성냥

"하나, 둘, 하나, 둘, 셋."

앞을 바라보는 김규리의 눈 속에 불꽃의 파편이 튀어 올랐다.

2

19세기, 그림자인형 와양클릿

결심했습니다. 아이입니다. 역시 자식이 하나쯤은 필요합니다.

* * *

이른 아침, 뭔가가 호랑점의 출입문에 쿵 부딪치는 소리가 났다. 침대에 길게 드러누워 있던 동이 쫑긋 귀를 세우고는 빠르게 계단을 내려갔다. 재킷을 챙겨 든 이유요가 그 뒤를 따라 1층으로 향했다. 그르렁. 계단을 내려간 동이 험상궂게 목울대를 울렸다. 출입문이 스르륵 열렸다.
"어휴, 늦은 줄 알고 발바닥에 땀나게 왔네."

젊은 여자가 가게 안으로 들어서자 달콤한 향기가 가게 안으로 옅게 퍼졌다. 여자가 손가락을 까닥 움직이자 밀려든 바람이 마치 여자의 지시를 기다렸다는 듯 문밖에 놓인 커다란 여행 가방을 여자의 옆으로 밀어놓았다. 왕. 동이 사납게 짖었다.

"할아버지."

"괜찮아, 원래 개와 여우는 사이좋을 수가 없어. 이제 갈 거니?"

"예, 부적은 있지만 가게를 오래 비우는 게 처음이라 걱정이었는데, 화 님이 와주셔서 다행입니다."

"무슨, 네가 호미가 되었다는 소식을 듣고 바로 오려 했는데 여행이 길어졌지 뭐니. 그런데 이 가게……."

화가 천천히 가게 안을 둘러보았다.

"변한 게 없구나. 사부가 맡았던 때와."

"변할 이유가 없습니다. 사부는 돌아오실 테니까요."

"그래…… 그렇구나. 자, 그럼 나는 가방을 2층에 좀 놓아야겠다."

화는 이유요를 가볍게 끌어안았다.

"잘 다녀오렴."

"예."

화가 가방을 끌고 2층으로 사라지자 이유요는 재킷을 걸쳐 입었다. 그때 동이 이유요의 재킷 자락을 물고 콧김을 내뿜었다.

"혼자서도 괜찮긴. 할아버지 혼자서는 이곳의 기운을 못 다스려. 사부가 사라지기 전보다 청소에 걸리는 시간도 늘어났잖아. 내가 사부보다 약해서인가."

동은 다시 한번 콧김을 내뿜을 뿐 이유요의 재킷 자락을 놓지 않았다.

"화 님은 인간을 해치지 않아. 여기 올 때마다 나한테 해가 된다며 자기 기운을 억누르고 오는 분이야. 믿어도 돼."

이유요가 손가락으로 동의 머리를 살살 어루만지자 꽉 맞물렸던 동의 입가가 느슨해졌다. 그 틈을 타 이유요는 재빨리 문을 열고 나갔다.

"왕의 심부름꾼이 개가 다 됐네."

화가 깔깔 웃으며 계단을 내려왔다.

"인간에게 정 주지 말라 어쩌고 하더니 왜 여기 있는 건데? 그 몸은 또 뭐고?"

동은 화에게 눈길도 주지 않고 카운터로 걸어가 의자에 뛰어올랐다.

"씹니? 아니면 이미 그 몸과 혼연일체가 되어서 말하는 법도 잊어버린 거야? 아까 유요가 쓰다듬어줄 때 좋아하는 걸 보니 그런 것도 같더라."

선반을 들여다보며 이죽거리던 화의 시선이 한곳에 멈췄다. 그곳에는 가지각색의 목각 인형이 진열되어 있었다. 상여를 장식하는 꼭두각시와 긴 줄에 매달린 마리오네트, 앙증맞은 단발머리를 한 고케시. 화는 그중 하나를 집어 들었다.

"아주 예쁜 아이구나."

인형은 찌푸린 것인지 웃는 것인지 애매모호하게 조각된 얼굴에 곤충의 몸을 가지고 있었다. 길게 뻗은 뒷다리 한 쌍에 관절을 조정할 수 있는 막대기가 달려 있었고, 몸통 앞쪽으로 뻗은 두 쌍의 다리는 사람의 팔처럼 360도로 회전할 수 있게 조립되어 있었다. 등에는 투명한 날개가 달려 있어 전체적으로 메뚜기를 연상시켰다.

"예쁘고…… 너무 강하네."

화의 눈가가 가늘어졌다. 화의 손가락 끝에서 작은 바람이 일렁이더니 달콤한 향기를 품고 눈 깜짝할 사이에 가게 문틈으로 빠져나갔다. 그때까지 화 쪽으로 눈길도 주지 않던 동이 꼬리로 의자를 세게 탕, 하고 내리쳤다.

"호랑이 없는 곳에선 여우가 왕이지."

가게 창문으로 들어온 햇빛에 화의 그림자가 부풀어 올랐다. 길쭉한 주둥이와 쫑긋한 귀, 아홉 개의 꼬리가 부채처럼 펼쳐진 그림자가 온 가게를 뒤덮었다. 동이 의자에서 뛰어내려 화를 노려보며 몸의 털을 곤추세웠다.

"장난이야."

화가 항복한다는 듯 양손을 들어 올리자 그림자는 구름 걷히듯 사라지고 달콤한 향기만이 앞으로 찾아올 누군가를 기다리듯 남았다.

* * *

5월 1일, 김택구의 일기.

결심을 뭐로든 남기지 않으면 금방 사그라질 것 같아 일기를 쓰기로 했습니다. 내 나이 65세. 제아무리 100세 시대이니 뭐니 해도 환갑을 넘기면 큰 변화를 도모하기란 쉬운 일이 아닙니다. 무언가를 해볼까 망설이다가 살던 대로 시들어가기 십상입니다. 그러니 내 결심이 얼마나 위대합니까.

이제까지 무자식이 상팔자라 자신을 속이며 살아왔습니다. 퇴직 후 사업이 망하고 제대로 된 일자리를 얻지 못해 이 쪽방에 흘러들기 전까지는 아이가 없는 것이 다행스러운 일이기도 했지요. 먹이고 입히는 비용을 줄일 수 있었으니까요. 그러나 이제 나는 누군가를 먹일 나이가 아닙니다. 누군가가 나를 먹여주는 대접을 받아 마땅한 나이지요.

결심을 한 결정적인 이유는 사흘 전에 마주친 우연 때문입니다.

퀵 배달을 시작한 것은 지지난달입니다. 공원에서 만난 이가 추천해주었습니다. 일감이 들어오면 회사에서 나누어준 기계에 신호가 옵니다. 그러면 지하철역 물품보관함에서 물건을 찾은 뒤 받을 이에게 배달해주는 방식입니다. 한 건에 8000원에서 만 원쯤을 받는데 회사가 20퍼센트 넘게 수수료를 떼어 갑니다. 지하철이나 버스 요금이 공짜라 그나마 손에 몇 푼 남지, 교통비를 내야 했으면 남는 게 정말 없었을 겁니다.

사흘 전에 으리으리한 아파트에 배달을 갔습니다. 내용물은 반찬이었죠. 보자기에 정성스럽게 싼 가지각색의 반찬들. 보자기에는 메모까지 붙어 있었습니다. '아버님께 직접 전해 드려야 하는데, 갑자기 출장을 가게 됐어요. 국물 흐르지 않게 부탁드려요.' 좋은 집에 사는 데다 마음씨 고운 며느리까지 있다니 참으로 복 많은 이구나 싶더군요.

그런데 웬일입니까. 그 복 많은 이는 젊을 적의 회사 후배

였습니다. 내 아래에서 빌빌거리던 별 볼 일 없던 놈이었지요. 내가 사업을 한다고 회사를 그만두었을 때 자기는 그런 결단을 내리지 못한다고 부러워하던 얼굴이 가물가물하면서 나이 든 얼굴 위에 겹쳤습니다. 그도 나를 한눈에 알아보고는 형님, 하면서 반기더군요. 나는 짐짓 평온을 가장하고 후배에게 보자기를 내밀었습니다.

"좋은 데 사네. 뭐, 사업했나?"

불쑥 튀어 나간 부러움을 주워 담고 싶었지만 이미 늦었죠.

"사업은요. 아내가 부동산 투자를 잘해서 건물주가 되었지 뭡니까. 아내는 지금도 투자한다고 바쁘고, 저는 혼자 심심하게 골프나 치러 다니네요. 애들도 다 커서 나가 사니까 쓸데없이 집만 넓어요. 며느리가 이렇게 가끔 반찬을 챙겨주는 걸로 입맛이나 달래죠."

한탄을 가장한 자랑에 심사가 뒤틀렸습니다. 후배는 술값이나 하라며 내게 만 원을 내밀었습니다. 돈을 받는데 손끝이 부들부들 떨리더군요. 돌아오는 길에 소주를 한 병 사서 집에 도착하자마자 들이켰습니다. 알싸한 알코올의 기운이 답답한 명치를 뚫어주었지요. 그래서인지 취하지도 않고, 마시면 마실수록 정신이 또렷해졌습니다.

남자는 역시 늘그막에 아내와 자식이 있어야 합니다.

소주의 마지막 한 방울이 혀를 적시는데 그런 생각이 불쑥 치솟아 올랐습니다. 아들 하나 낳지 못하고 세상을 먼저 떠난 아내가 원망스럽더군요. 결혼할 때 어머니가 그랬습니다. 아내가 너무 말라서 자식 복이 없어 보인다고요. 홀어미 슬하에서 자란 탓에 복 없는 아내를 맞이했다며 한스러워했죠. 그때 어머니의 말을 흘려듣지 말 걸 그랬습니다.

　　그래도 아내는 얌전하고 고운 사람이었습니다. 신혼집 현관에 놓는 새색시 인형처럼 고왔지요. 신랑과 신부 한 쌍을 나무로 깎아 만든, 그것처럼 말입니다.

　　인형이라 하니, 집에 오기 전 이상한 일을 겪은 것이 떠오릅니다.

　　박스라도 주울 것 없을까 싶어 어두운 시장 골목을 기웃거리며 집에 오는데 어디선가 달콤한 향기가 났습니다. 굶주린 개가 잔칫집 음식 냄새를 쫓듯 따라가게 되었지요. 좁은 골목을 구불구불 지나니 어스름한 빛을 뿜어내는 가게가 나타나더군요. 자정을 넘긴 시각에 영업이라니 이상한 가게구나 싶었습니다. 이 냄새는 저 안에서 나는 것인가 싶어 담장 너머를 살피는데 가게 문 옆에 목각 인형이 쪼르륵 놓여 있었습니다. 그 모양새가 귀여워 담장 안으로 들어갔지요. 인형을 구경하는데 그중 하나가 어찌나 눈에 밟히던지. 웃는 것인지 우는 것인지 모를 표정이, 이전에 유행했던 못난이인형을 닮은 것이었습니다. 몸통이 좀 이상해서 짝퉁인가 했습니다. 그 인형에 끌린 건 아내 때문일까요. 아내도 늘 그런 표정을 짓곤 했습니다. 좀 더 유심히 보고 싶어 인형을 집어 드는데, 갑자기 머리가 쓱 흘러내리는 게 아니겠습니다. 머리통의 3분의 1이 무너진 모양새가 되었습니다. 이게 왜 이러나 싶어 허둥지둥 떨어진 부분을 주워 다시 얹었습니다. 보니까 안에 물건을 담을 수 있게 머리가 분리되는 인형이었습니다. 각도에 맞춰 머리를 얹고 있자니 불쑥 욕심이 치솟았습니다.

이것을 가지고 싶다.

욕심은 충동으로 바뀌었습니다. 인형을 품에 넣고 살금살금, 최대한 빨리 골목을 빠져나왔습니다. 멍. 어디선가 개 짖는 소리가 들려서 걸음이 더 빨라졌지요. 그러나 막상 집에 와서 보니 그저 그런 인형이라 방구석에 대충 두었습니다. 딱히 죄책감은 들지 않았습니다. 나쁜 쪽은 물건을 밖에 놓아둔 주인입니다. 소중한 것이라면 간수를 잘해야지요. 나는 주인이 함부로 대한 물건에 새로운 보금자리를 마련해준 상냥한 사람인 셈입니다.

현관에는 이제 신랑 신부 인형이 놓여 있지 않습니다. 사실 이 집에는 현관이랄 게 없지요. 쪽방이니까요. 집도 없고 재산도 없는 늙은이가 아내를 다시 얻기란 현실적으로 무리일 것입니다. 요즘은 늙은 여자도 계산이 빨라 돈 없는 남자와 정붙이고 알뜰살뜰 살려 하지 않습니다.

그러나 아이라면.

순수한 아이라면 늙은이의 애정에 답해줄 것입니다. 하지만 말도 통하지 않는 아기를 기를 순 없습니다. 그랬다가는 심봉사가 어린 심청이를 돌보는 꼴이 나겠지요. 요즘은 동냥젖, 그런 것도 못 얻어 먹입니다. 그러니 열 살이나 열한 살, 그즈음이 좋겠습니다. 이미 봐둔 아이도 있습니다. 바깥을 정처 없이 떠돌아다니는, 보살핌이 부족한 가엾은 아이입니다. 주워 온 못난이인형과 마찬가지인 셈이지요.

그나저나 누구일까요. 이 한밤중에 숫자를 세는 것은.

하나.

분명 누군가 그렇게 말했습니다.

* * *

공원으로 향하는 김택구의 얼굴이 새빨갰다.

"젊은 놈이 건방지게, 경우도 없이."

퉤퉤, 하고 길바닥에 침을 뱉으며 몇 번이고 혼잣말을 중얼거렸지만 분노는 좀처럼 가라앉지 않았다. 지하철에서 내리기 전의 일이 자꾸만 떠올랐다.

배달 일을 갔다가 지하철을 타고 돌아오던 길이었다. 자리에 앉아 전표를 정리하는데 한 남자가 김택구의 앞에 섰다. 많아야 서른 살쯤 되어 보였다. 남자는 김택구를 힐끔거리더니 혼잣말이라 하기엔 너무 큰 소리로 중얼거렸다.

"할 일 없는 늙은이들이 공짜로 지하철을 막 타니까 자리가 없지. 어휴, 세금 아까워."

그 칸에 노인은 김택구뿐이었다. 무례한 것. 김택구는 분연히 자리에서 일어나 따지고 싶었다. 나는 그런 할 일 없는 늙은이가 아니라고, 일을 하고 오는 길이라고, 나도 세금을 냈다고, 젊었을 적에는 아주 많이 냈고, 그 돈으로 이 나라가 이만큼 잘살게 된 거라고. 그러나 남자의 두꺼운 팔뚝에 겁이 나 우물우물, 말을 입안에서 씹기만 했다. 결국 한마디도 하지 못하고 지하철에서 내렸다.

사업이 망하지만 않았다면. 연금까지 다 털어 넣지만 않았어도. 분노는 곧 후회에 눌려 찌그러졌다. 이런 날은 술이나 진탕 마시는 것이 최고였다. 그러나 수중에 돈이 간당간당했다. 아침에 아이가 갈아입을 옷과 속옷을 하나씩 산 탓이었다. 아이 옷이 뭐 이리 비싼가 싶었지만 투자인 셈 쳤다.

투자다. 투자고말고. 이제 곧 아이가 나를 먹여 살릴 것이다.

구겨졌던 미간이 슬그머니 펴졌다. 김택구는 공원을 한 바퀴 둘러보았다. 노인들의 아지트로 유명한 공원에는 언제나 얼굴을 비추는 고정 멤버들이 있었고, 삼삼오오 어울리는 패거리들도 있었다. 그중 김택구가 선망하는 패거리는 '교수'라고 불리는 이가 주축인 무리였다. 늘 옆구리에 책을 끼고 있는 그들은 입고 걸친 것들이 번드르르한 데다 심심찮게 정자로 요리를 배달해 먹었다. 그들은 공원의 다른 사람들과 통 교류하지 않아 중절모는 그들을 '먹물 든 깍쟁이들'이라 부르며 빈정거렸다. 김택구는 공원에 올 때마다 일부러 정자 옆을 지나며 그들이 자신을 불러주기를 바랐다. 그러나 그들은 김택구에게 눈길 한 번 주지 않았다.

본래 나도 저기 있어야 하는데. 내 학벌이면 그렇고말고, 암.

김택구는 발을 질질 끌며 잔디밭으로 향했다. 중절모와 몇몇이 모여 앉아 막걸리를 나누어 마시고 있었다. 중절모는 언제나 중절모를 쓰고 있어 중절모라고 불렸는데 쏨쏨이가 좋았다.

"왔어? 앉아. 지방 갔다가 좋은 막걸리 있어서 가져왔지."

중절모가 김택구에게 손을 흔들어 보였다. 김택구는 입가를 딱 굳히고는 무리에 끼어 앉았다. 김택구는 중절모가 영

탐탁지 않았다. 중졸에 도배 일이나 하며 먹고사는 주제에 감히 대학 나온 자신의 눈치도 보지 않고 이것저것 아는 척을 하는 게 언죽번죽하단 것이 김택구의 본심이었다. 그러나 중절모가 베푸는 술이나 밥이 아쉬워 티를 내진 않았다. 김택구는 중절모가 내미는 종이컵을 받아 들었다. 감칠맛이 도는 것이 막걸리가 입에 착 붙었다. 김택구는 술자리의 안주로 지하철에서 겪은 일을 약간 각색해 털어놓았다. 그 이야기에서 김택구는 남자에게 멋들어진 충고를 했다.

"나라를 일으켜 세운 어르신들을 공경해야 한다, 라고 호통을 치니 한마디도 못 하더군. 하여간 요즘 젊은것들은 입만 살아서 제대로 하는 게 없어. 저것만 봐도 그렇잖아."

김택구는 공원 건너편 빌딩을 가리켰다. 빌딩 벽에는 '청년을 위한 국비 지원 취업 상담'이라고 쓰인 커다란 현수막이 나부끼고 있었다.

"근성이 없으니 취직도 하지 않고 저렇게 나라에서 퍼 주는 돈을 받으며 노는 거지. 저딴 데에 왜 세금을 쓰냔 말이야. 나처럼 성실하게 젊은 시절 보낸 사람이나 꽉꽉 도와줘야지."

김택구가 목소리를 높이는 내내 중절모는 막걸릿병의 밑바닥을 두드렸고 둘러앉은 사람들은 서로 시선을 교환했다.

"지하철 경로 우대의 연령을 높인다는 기사가 났던데."

중절모가 전한 비보에 김택구는 말을 멈췄다.

"몇 살로?"

"70세."

안 될 말이었다. 그렇게 되면 앞으로 5년간은 배달 일조차 할 수 없을 터였다. 김택구는 종이컵으로 자기 허벅지를 내리쳤다.

"복지를 그렇게 축소하면 안 되지!"

김택구가 목에 핏대를 세울수록 사람들의 눈빛은 심드렁해졌다. 점점 길어지는 김택구의 연설에 하품을 하던 사람들이 하나둘 자리를 떴다. 결국 김택구와 중절모만이 남았다.

"하여간 다들 가방끈이 짧으니 수준 높은 이야기를 못 해."

김택구는 투덜거리며 주변을 두리번거렸다. 관찰은 중요했다. 언제 어디에 있는지 알아야 작전을 짤 수 있었다. 두리번거리던 김택구의 표정이 환해졌다.

"잠깐만 기다려."

김택구가 다급히 공원 입구로 걸어가 눈여겨봐둔 아이에게 사탕을 건네주고 돌아오자 중절모가 의외네, 라고 말했다.

"자네가 아이들에게 뭘 주는 건 처음 보네. 어린아이는 좋아하지 않는 줄 알았어. 이전에 유아차를 끌고 나온 애 엄마한테 아기 울음소리 시끄럽다고 난리를 치지 않았나."

"시끄럽잖아. 아기를 왜 밖에 데리고 나와? 집에 처박혀 있을 것이지."

"쟤는? 저 아이도 애잖아."

"쟤는 다르지. 말도 통하고 싹싹하고."

"어이구, 안 봐도 뻔하다. 자네 자식들하고 사이 안 좋지? 아기 때부터 아버지가 예쁘다 하면서 안고 어화둥둥 해줘야 아기도 우리 아빠 예쁘다 해주는 거야. 말 통할 때 되어서야 아버지 노릇이라고 잔소리나 하면 그게 무엇, 다 틀렸지."

"난 자식이라곤 없어. 아내가 유산만 세 번을 했네."

김택구는 뚱한 표정으로 술을 마셨다. 중절모가 몰랐네, 라고 미안해하며 빈 잔에 술을 따라주었다.

"하연이가 예쁘긴 하지. 저 봐, 깍쟁이 교수도 쟤한테는 용돈을 다 주네."

중절모의 말에 김택구는 정자 쪽을 살폈다. 김택구에게는 눈길 한 번 주지 않던 이들이 아이를 둘러싼 채 박수를 치고 있었다. 용돈을 받은 아이가 노래라도 부르는 모양이었다.

"하연이? 쟤 이름이 하연인가?"

"소하연. 저 지하상가에 분식집 있잖아. 거기서 일하는 할머니 손주야. 학교 끝나면 분식집에 들러서 일도 돕고, 공원하고 시장하고 돌아다니며 심부름해서 용돈도 벌고. 애가 참 야무져."

"부모는 없어?"

"자네 모르나?"

중절모가 살짝 목소리를 낮췄다.

"그 할머니 아들이 마누라 죽이고 하연이도 죽이려 했었어. 그래서 할머니가 맡아 기르게 된 거야. 뉴스에도 나왔었어. 동네가 잠깐 떠들썩했었지."

"그 아들은?"

"몰라. 죽었는지 감옥 갔는지. 뭐 좋은 일이라고 떠들겠어. 사람들이 물어봐도 할머니가 입을 딱 다물고 아무 말도 안 한대."

"할머니란 사람이 애를 영 보살피지 않는 모양이지. 저렇게 동냥이나 하는 걸 보면."

"동냥은 무슨. 하연이 쟤가 얼굴이 환하고 애교가 있어 사랑받는 거지. 내가 관상을 좀 보는데, 하연이는 자기 먹을 복은 타고났어. 두고 봐, 쟤는 성공해서 할머니 호강시킬 거야."

"그런가."

먹여 살릴 것은 그 못난 할망구가 아니라 나다. 나이고말고. 김택구의 입가에 흡족한 미소가 걸렸다. 중절모가 종이컵을 잔디밭에 탈탈 털더니 몸을 일으켰다.

"국밥이나 먹으러 가자."

마다할 이유가 없었다. 김택구는 냉큼 중절모를 따라나섰다. 공원 밖으로 향하며 중절모는 넋두리처럼 중얼거렸다.

"이 거리도 점점 늙네."

김택구는 콧방귀를 뀌었다. 돈도 있고 제대로 된 집도 있는데 뭘 저리 촉촉한 눈으로 먼 곳을 본단 말인가. 연민도 자격 있는 자가 하지 않으면 위선일 뿐이다. 김택구가 보기에 그런 자격이 있는 자는 오직 자신뿐이었다.

"늙기는 무슨. 상냥한 거지. 여기 아니면 어디서 설렁탕을 3000원에 먹고 커피를 300원에 뽑아? 전국이 다 이래야 해. 누구나 먹고는 살게 해줘야지."

"먹고살게 해주면 상냥한 건가."

"먹고사는 게 제일 중요하지. 그 뭐야, 〈운수 좋은 날〉인가. 마누라 죽은 날에 설렁탕을 사 들고 가는 이야기. 그 소설 속 여편네가 왜 두들겨 맞으면서도 김 첨지랑 살았겠어. 불만스러워도 김 첨지가 먹여 살려주니까 그런 거지."

"무슨 소설이 그래? 아내가 죽었는데 설렁탕을 왜 사?"

김택구는 설렁탕집에 들어가 앉아 〈운수 좋은 날〉 이야기를 손짓발짓해가며 들려주었다. 어차피 돈은 중절모가 낼 테니, 이걸로 밥값 했다 싶었다.

"아니, 아내가 아프면 돈 벌자마자 약을 사서 집에 가야지. 뭐 하러 술집에 들러서 떡을 처먹고 지랄을 해?"

김택구는 이 무식한 작자야, 라고 중절모를 툭 쏘았다.

"그게 비극이 일어났을 걸 예감한 남자의 슬픈 몸부림이야. 당시에 그 뭐야, 나라를 빼앗긴 지식인들이 어째서 모던 보이가 되어 풍류를 쫓았겠어. 서민들도 하루 먹고살기에 바쁘니 독립이고 뭐고 기모노 차림의 기생에게 돈을 받아도 어이구 마님 감사합니다, 할 수밖에 없었던 거지. 그 비참한 현실! 이미 일어난 비극에서 눈을 돌려야 살아남을 수 있었던 남자들의 슬픔! 그게 작품의 핵심이지."

"헛소리야. 그러면 평소에 아내를 때리지 말던가. 내 살아보니 안사람 함부로 대하는 남자치고 제정신인 이를 못 봤네. 그 김 첨지란 작자도 말년에 필경 벌받았을 걸세."

소설 한 편 읽지 않은 무지렁이와 무슨 말을 하겠는가. 마침 설렁탕이 나와서 김택구와 중절모의 논쟁은 중단되었다.

"그러고 보니 자네 안사람 기일이 근일이라 했지?"

김택구는 설렁탕 국물을 들이켜며 고개를 끄덕거렸다.

"곧이지. 어린이날. 그렇게 아이를 갖고 싶어 하더니, 죽은 날짜도 얄궂지."

"몇 년 됐어?"

"3년."

김택구는 아내의 임종을 떠올렸다. 저것이 죽으면 이제 누가 밥을 해주나 싶어 어머니가 세상을 떠났을 때보다 곱절은 슬펐다. 죽기 직전에 아내가 김택구의 어깨 너머를 뚫어져라 바라보며 무어라 중얼거렸던 것이 기억났다.

뭐라고 했더라, 그때.

설렁탕을 한 그릇 다 먹을 때까지 통 생각나질 않았다. 가게를 나오며 김택구는 박카스를 사러 가자고 중절모를 꾀었다. 중절모는 난 그런 거 안 해, 라고 진저리를 치곤 휘적휘적 걸어가버렸다. 김택구는 중절모가 아내에게 꽉 잡혀 산다는 소문이 사실인 모양이라고, 그것참 남자 구실도 못 하고 산다고 이죽거렸다.

결국 김택구는 혼자 지하철역 근처로 갔다. 처음 보는 젊은 여자가 서 있었다. 새로 온 여자인가 싶어 살펴보려는데, 빨간 플라스틱 의자에 앉아 있던 중년 여성이 다가와 김택구의 소매를 잡아끌었다. 김택구와 몇 번 몸을 섞어 얼굴을 익힌 사이였다.

"아서, 쟤는 미친 애야. 자꾸 귀신이 보인다고 중얼거려."

"저렇게 젊은데?"

"미치는 데 나이가 무슨 상관이야. 어때? 나랑 쉬러 갈까?"

미쳤어도 늙은 것보다야 예쁘고 젊은 것이 좋은 법이라고 김택구는 소매를 털어버렸다. 무엇보다 젊은 여자가 김택구를 뚫어져라 보고 있었다. 그 노골적인 시선에 김택구의 어깨가 하늘로 치솟았다. 아직 남자로서 매력이 사라지지 않았다는 자신감에 차 여자에게 다가갔다. 그러는 동안에도 여자는 김택구의 어깨 언저리에서 눈을 떼지 않았다.

"역시 후드티가 아니네."

여자가 중얼거렸다.

"후드티? 후드티는 못 사 줘도 커피라면 한 잔 사 줄 수 있지."

여자가 깔깔 웃었다. 일이 잘 풀릴 징조인가 싶어 김택구도 웃었다. 쭈글쭈글한 피부가 아닌 탱탱한 젊음을 양손 가득 움켜쥘 생각에 좀이 쑤셨다.

"등에 업은 아이 내려놓을 생각이나 해."

여자는 웃음을 뚝 멈추고 김택구를 노려보았다. 김택구는 여자의 눈에서 번들거리는 광기에 주춤 뒷걸음쳤다. 잘못 건드리면 귀찮아지지 않을까. 나이 먹고 구설에 오르는 건 사양이었다. 더군다나 거사를 앞둔 터이니, 더욱 신중해야 했다. 김택구는 입맛을 다시며 슬며시 뒤돌아섰다.

둘.

누군가 김택구의 등 뒤에서 낭랑하게 외쳤다. 여자가 말을 걸었나 싶어 뒤돌아보니 아무도 없었다.

잘못 들었나. 김택구는 머리를 긁적거렸다.

* * *

5월 3일, 김택구의 일기

준비는 얼추 완료되었습니다. 작전도 매우 좋습니다. 분식집 영업이 끝나는 시각은 밤 10시입니다. 아이는 저녁이 되어 공원에 사람이 뜸해지면 골동품 시장 쪽을 주로 어슬렁거립니다. 아무래도 분식집이 끝나길 기다리는 모양이더군요. 그 분식집은 장사가 영 신통치 않아서 떡볶이가 산처럼 남더라고요. 그걸 다 산다고 하면 가게 주인이 얼씨구나 하고 말하는 걸 뭐든 들어줄 겁니다. 팔에 붕대를 칭칭 감고 가서 음식을 한가득 산 뒤에 아이에게 좀 들어달라고 하는 거지요. 당연히 이 비좁은 쪽방으론 돌아오지 않을 겁니다. 봐둔 빈집이 있습니다. 거기서 기절을 시켜야지요. 처음에야 할머니에게 돌아간다고 난리를 치겠지만, 한 일주일 가두어놓고 윽박지르면서 어르면 금방 말을 듣게 될 겁니다. 시골에 데려가서 1, 2년 아무도 못 만나게 하고 살면 할머니는 싹 다 잊고 나를 아버지라고 부르게 되겠지요. 원래 기억이란 건 사는 대로 덧씌워지는 법 아니겠습니까.

 문제는 날짜입니다. 이런 일은 괜히 질질 끌면 결심만 약해집니다. 당장 내일이라도 시도해볼 작정입니다. 가장 좋은 날은 역시 5월 5일이 아닐까 싶지만요.

 이제까지 내게 5월 5일은 이별의 날이었습니다. 아내도 아이도 모두 그날 세상을 떠났거든요. 그렇습니다. 나에게도 아이가 있었습니다. 그것도 세 명이나! 비록 이 세상에 태어나지는 못했지만요. 정말이지 아내를 한 번 더 원망할 수밖에 없는 대목입니다. 임신을 하면 알아서 몸조심해야 하는 거 아닙니까. 타고난 모성이 부족했던 겁니다.

 첫 아이가 생긴 건 1990년이었습니다. 아내가 참 둔해서 임신 5개월에 가까워져서야 알았죠. 결혼 후 한참이나 아이가 생기지 않아 마음고생하던 터라 무척 기뻤습니다. 젊을 적 남편을 여의고 홀몸으로 삼대독자를 애지중지 길러냈던 내 어머니의 기쁨이야 뭐 설명할 필요도 없지요. 어머니는 춤출 듯 기뻐하다가 곧장 점집으로 달려갔습니다. 그러곤 새하얗게 질린 얼굴로 돌아와, 아내에게 아기의 성별이 뭐냐고 추궁했어요. 아내는 의사에게 들은 대로 미스코리아감이래요, 라고 대답했습니다.

그때부터 집안이 난리가 났습니다. 점집에서 올해가 백마의 해라, 이해에 태어난 여자아이는 팔자가 세서 집안의 남자들 기를 다 누른다고 했단 겁니다. 어머니는 아이를 지우라고 했습니다.

"집에 남자라곤 내 아들 하난데, 걔 기가 눌리면 어떡할 거냐. 너도 남편 잘못되면 꼼짝없이 과부 되는 거야. 낳지도 않은 애 내어주고 남편 지키면 남는 장사지, 암."

소리를 질렀다가 달랬다가, 어머니는 정신없이 아내를 몰아세웠습니다. 아내는 말도 안 되는 소리 하지 말라고 그 폭풍에 정면으로 맞섰습니다.

나도 당연히 아기를 지키려 노력했습니다. 어떻게 내 애를 죽이라고 하느냐 화도 내보고, 첫딸은 재산 밑천이라고 어머니를 설득도 해봤습니다. 하지만 어머니가 애를 지울 때까지 곡기를 끊겠다는 데 결국 두 손을 들었습니다. 자식을 내어주더라도 늙은 부모를 모시는 것이 남자의 효심 아니겠습니까. 게다가 어머니의 말을 계속 듣다 보니, 정말로 딸아이가 태어나면 기운이 눌리는 것 아닐지 걱정이 되더군요.

첫 임신이 어렵지, 그 뒤로는 둘이고 셋이고 잘 들어선다는 동네 아주머니들의 호언장담에 귀가 펄럭거리기도 했습니다. 한번 균형을 잃고 어머니 쪽으로 마음의 추가 기울자 아내가 원망스러워지더군요. 아기라고 해봤자 배 속에 콩알만 한 것인데, 아직 배를 차거나 움직이지도 않는 것이 뭐 생명이라고 하늘 같은 시어머니에게 맞서나 싶었습니다.

어디까지나 화가 나서 한 생각입니다. 정말로 아내가 아기를 지우길 바라진 않았습니다. 단지 아내가 좀 더 고분고분하게 어머니 말에 순종하는 척이라도 하길 바랐던 거지요. 알았어요, 네, 네, 하고 지우지 않으면 되는 일 아닙니까. 그런데 고개를 뻣뻣이 들고 대드니 일이 커진 거죠. 분위기가 나쁘니 집에 들어가기도 싫고 자꾸 밖에서 술만 마시게 되었습니다.

그러니까, 술김에 한 일이었습니다.

아내는 내가 자신을 때렸다고 말했습니다. 회사에서 돌아온 내가, 현관에 들어서자마자 배를 걷어찼다고요. 그러곤 공벌레처럼 웅크린 자기 몸을 몇 번이나 더 찼다고 했습니다. 말도 안 되는 소리였습니다. 아내에게 몇 번 손찌검을 한 적은 있었지만 그건 다른 일입니다. 자기 새끼를 밴 여자를 때리다니, 그야말로 금수 아닙니까. 맹세코 그런 일을 했다면 죽어서 지옥에 떨어질 겁니다. 그게 다, 아내가 자기 잘못을 인정하기 싫어 억지를 부리는 거라 생각했습니다.

아내는 그날 유산을 했습니다.

어머니는 유산한 게 뭐 벼슬이냐고, 다음 날 아내를 퇴원시켰습니다. 아내는 집에 오자마자 방에 요를 깔고 드러누웠죠. 그 모습이 참 보기 싫었습니다.

"애 낳은 것도 아닌데 유세다, 유세. 내가 회사도 쉬고 종일 수발을 다 들었는데 고맙다는 말도 안 해?"

그러자 죽은 듯 누워 있던 아내가 몸을 벌떡 일으켜 앉더니 지옥이 무섭지 않느냐고 외치더군요.

"지옥에 가면 염라대왕이 사자를 '업경대(業鏡臺)'라는 커다란 거울 앞에 세운답디다. 그 거울에 생전에 지은 죄가 다 나온대요. 당신, 그 앞에서도 지금처럼 당당할 수 있어요?"

당연히 당당할 수 있습니다. 나는 평생을 선하게 살았으니까요.

아내는 그날부터 이상해졌습니다. 입을 꾹 다물고 앉아 어디서 주워 온 나무토막을 깎았습니다. 그러다 펑펑 울기도 했습니다. 인형 비슷한, 하지만 도저히 인형이라 보기엔 어설픈 것을 만들어 보자기에 싸더니 상자에 소중하게 집어넣었습니다.

설마 그 어설픈 나무토막이 세 개로 늘어날 줄은 몰랐지요.

두 번째, 세 번째 아기도 유산되었습니다. 어머니가 두 번째 유산 전에 세상을 떠난 게 그나마 다행이었을까요. 아마도 무척 슬퍼하셨을 테니 말입니다. 그래도 그걸로 확실해졌습니다. 아내의 유산은 누구의 탓도 아닌, 그저 아내의 부주의였던 겁니다.

아내는 유산할 때마다 나무토막을 깎았습니다. 그것을 모두 보자기에 싸서 상자에 넣었지요. 그래도 두 번째, 세 번째 토막을 깎을 때는 울거나 쓸데없이 화를 내지 않았습니다.

그러고 보니 그것들은 어디로 갔을까요?

아내는 큰 병에 걸리지도 않았고 사고를 당하지도 않았습니다. 3년 전 어느 날 밤, 갑자기 나를 지그시 바라보더니 그러더군요.

"이젠 더 버티기가 괴롭구나."

뜬금없이 무슨 말이냐고 물었지만, 아내는 일언반구도 없이 이불을 펴고 드러누웠습니다. 그러곤 3개월쯤 시름시름 앓다가 세상을 떠났지요. 병석에 누워 있을 때, 아내는 자신이 죽으면 상자 속에 보자기로 싸둔 나무토막을 태워 그 재를 화장한 자기 뼛가루에 섞어달라고 했습니다. 무슨 헛소리를 하느냐며 흘려들었죠. 그도 그럴 게 당시 아내는 고작 60세였습니다. 젊진 않아도 죽음이 눈앞에 어른거리는 나이는 아니었지요. 식당 일이 힘들어 잠깐 몸살이 났나 싶었지, 죽을 거란 생각을 누가 했겠습니까. 아내가 죽은 뒤에는 당장 수입이 사라져 유언이고 뭐고 지킬 여유가 없었습니다. 월세가 밀리고, 보증금이 까이고…… 도망치듯이 쪽방을 얻어 이사를 왔지요. 아내가 살아 있었다면 결코 여기까지 오진 않았을 겁니다. 손만 내밀면 담뱃값이 쥐어지던 그때가 아련히 먼 봄날처럼 느껴집니다.

첫 아이가 유산된 것도, 아내가 세상을 떠난 것도 모두 5월 5일이었습니다. 가족을 잃은 날에, 새로운 가족을 만드는 겁니다. 나쁜 기억을 덮어버리는 거지요. 참으로 멋진 일이 될 겁니다.

그나저나 쪽방촌에 누가 어린아이를 데리고 들어온 걸까요. 방금 분명히 들었습니다.

셋.

어린 목소리가 그렇게 외치는 것을요. 민폐입니다. 다닥다닥 붙은 쪽방은 당최 방음이 되지 않습니다. 몰상식한 사람들. 곧 떠날 곳이기에 꾹 참기로 합니다.

* * *

 가벼운 발걸음 뒤로 둔탁한 발소리가 따라붙었다. 불안한 듯 뒤돌아보던 소하연은 어느 순간부터 앞만 보고 걸었다. 뒤돌아보면 무서운 일이 벌어질 것을 알기라도 하듯이. 김택구는 사냥꾼이 사냥감을 몰 때처럼 일부러 기척을 내며 소하연을 뒤쫓았다. 소하연이 어둑한 시장 안으로 들어가는 것을 보고 뒤따라온 터였다. 가게들도 문을 달아 보는 눈이 없으니 잘하면 떡볶이값을 아끼겠구나 싶었다. 그러나 소하연은 빨랐다. 밤눈이 밝은지, 복잡한 골목을 고양이처럼 쏙쏙 가르며 멀어져 좀체 거리가 좁혀지지 않았다. 결국 김택구는 소하연을 쫓길 포기하고 멈춰 섰다.

 "그나저나 기분 나쁘네. 뒤 좀 따라갔다고 뭐 저리 도망을 쳐? 내가 불한당도 아니고."

 김택구는 담벼락에 기대어 담배를 꺼내 물고 투덜거렸다. 저렇게 경계가 심하면 길들이는 게 쉽지 않겠구나 싶었다. 김택구는 담배를 깊게 빨았다가 연기를 내뿜었다.

 "실패하면 뭐……."

 말을 듣지 않는 개는 쳐 죽이면 그만이다. 폭력은 모든 것을 길들인다. 첫 아이가 유산된 후 악을 쓰며 덤비던 아내도 그렇게 길들였다. 그러니 크게 고민할 필요는 없다고, 김택구는 담배 연기를 도넛 모양으로 만들어 뿜으며 히죽 웃었다.

"여긴 금연이야."

"아이고, 깜짝이야!"

골목 안쪽에서 누군가 툭 튀어나와 김택구 앞에 섰다. 김택구는 라이터를 켜 앞을 비추었다. 상대의 얼굴을 확인하고 크게 숨을 내쉬었다.

"뭐야, 그 미친년이잖아."

지하철 입구에서 마주쳤던 젊은 여자였다.

"앗, 뜨거워. 괜히 놀랐네."

달구어진 라이터 휠에서 손을 떼며 김택구는 칵, 하고 가래를 올려 여자의 발치를 향해 뱉었다. 순간 컹컹, 하고 개 짖는 소리가 들려왔다.

"도둑맞아서 화가 났어."

여자가 손으로 골목 안쪽을 가리켰다. 김택구는 그제야 자신이 기대어 선 곳이 예전에 못난이인형을 들고 나온 가게 근처임을 알았다. 처음 왔을 때와 달리 골목 안쪽에서는 조금의 빛도 흘러나오지 않았다.

"귀한 인형이거든. '와양쿨릿'이라고, 막 하나로 이승과 저승이 갈리는 연극에 쓰이던 인형이야. 신을 경외하는 이들이 깎아내었지."

"저리 가. 귀찮게 굴지 말고."

"그중에서도 그 인형은 특별해. '바이트렉'이니까."

허공을 휘젓던 김택구의 손이 멈췄다. 여자의 말이 사실이라면, 그 못난이인형이 무척 비싼 물건일 수도 있었다. 그렇다면 뜻하지 않게 금덩어리를 주운 셈이었다. 미친년 말이니 다 믿을 순 없어도 들어서 나쁠 건 없겠다 싶어 담배를 밟아 껐다. 그러나 여자는 한참이나 아무 말 없이 김택구를 바라보기만 했다.

"바이트렉, 그게 뭔데?"

결국 조바심이 난 김택구가 물었다.

"그건 마을 사람 전부를 몰살한 적이 있어."

"그러니까 그게 뭐냐고."

"아기 머리를 가진, 커다란 메뚜기 형태의 귀신이지. 자신을 죽게 한 대상을 원망해. 유인해서 메뚜기 떼에게 갉아 먹히게 하지."

한마디로 악령이란 소리였다. 김택구는 고개를 끄덕거렸다. 영화 같은 데서 보면 남을 저주하는 굿이 더 비싸지 않았던가. 그 인형도 그런 용도라면 분명 비쌀 것이었다. 팔면 얼마를 받을 수 있을까. 어디에 팔 수 있을까. 김택구의 입꼬리가 실룩 위로 올라갔다. 자칫 좋아하는 티가 나면 인형을 가져간 것이 들통날까 싶어서 짐짓 심드렁한 척 여자의 말을 받았다.

"자기를 죽게 한 대상만 원망한다면 살인자 아닌 이상 무서워할 이유가 없지."

"태아를 닮아서 메뚜기야."

"뭐?"

"태어나지 못하고 죽은 아이의 혼도 바이트렉이 돼."

"그게 그거지. 태어나지 못한 거면 유산이나 낙태인데, 그거야 어미 잘못이 아닌가. 다른 사람이 원망받을 일이 뭐가 있어? 아니면 뭐, 그런 건가? 바이 어쩌고 그 귀신이 엄마라고 착각해서 들러붙는다거나."

여자가 김택구의 앞으로 한 발 바짝 다가왔다.

"바이트렉이 복수하는 건 어미가 아냐. 그런 일이 일어나게 만든 이들이지. 임신한 여자를 모른 척한 아비. 아기를 포기하도록 몰아간 주변의 환경."

다가선 여자에게서 달콤한 향기가 났다. 어디선가 맡아본 적 있는 냄새였다. 어두운 밤에 사람을 끌어당기던 향기. 김택구가 여자의 허리에 슬그머니 손을 올리려던 때였다.

순식간에 그림자가 김택구를 집어삼켰다.

길쭉한 주둥이가 입을 벌리더니 김택구를 집어삼켜 날카로운 송곳니로 와작와작 씹었다. 잡아먹힌다는 공포가 사나운 바람처럼 김택구의 온몸을 찔렀다.

"그러니 위험해지기 전에 돌려놓는 게 좋아."

김택구는 비명을 지르며 그림자에서 도망쳤다. 고작 그림자라는 걸 알아도 몸을 덮친 공포는 진짜였다. 숨을 헐떡거리며 달렸고, 어둠에서 벗어난 후에야 공포가 사라졌다. 김택구는 발을 질질 끌며 쪽방촌으로 향했다. 헐떡이던 숨이 진정되자 분노가 치솟았다.

"그년이 나를 놀린 거야. 내가 인형 훔친 걸 알았던 게지."

분노는 피곤함을 잊게 했다. 김택구는 집에 들어와 소주를 마시며 방구석에서 뒹굴던 못난이인형을 벽에 패대기쳤다. 인형의 웃는 듯 우는 듯한 표정이 자신을 비웃는 것만 같아 패고 또 팼다. 김택구의 행패는 아내가 살아 있을 적 술을 마시고 그랬던 것처럼 꼬꾸라져 잠들 때까지 계속되었다.

넷.

잠든 김택구는 집 안에 울리는 목소리를 듣지 못했다.

* * *

어디로 간 것인가, 대체.

김택구의 두 눈이 벌겋게 충혈되었다. 방 한쪽에 쌓아두었던 빨래 더미를 마구 헤집었다. 마구잡이로 쌓아두었던 잡동사니도 뒤져보았다. 하지만 어디에도 인형은 없었다.

이상하게 운이 좋은 날이었다. 아침 일찍 단거리 배달을 다섯 건이나 맡았다. 전부 아이 장난감이라 부피는 커도 가벼웠다. 물건을 받은 사람들은 구하기 힘든 장난감이라고, 간신히 어린이날에 맞춰서 받았다고 기뻐하며 김택구에게 팁을 줬다. 순식간에 주머니가 두둑해졌다. 오늘은 거사를 치르는 날이니, 이 돈으로 제대로 된 밥을 먹어야지 싶었다. 한 그릇에 만 원짜리 설렁탕과 소주를 주문했다. 이래야 설렁탕이지. 3000원짜리는 소가 발만 담갔다 뺀 거라고 욕을 퍼부으며 정신없이 한 그릇을 비웠다. 술이 술술 넘어갔다. 소주 한 병을 추가로 주문했다. 가게 주인이 오더니 국물까지 싹 다 드셨는데요, 안주도 없이 무슨 술을 더 드시려고, 그만 일어나세요, 라고 했다. 김택구는 내가 돈이 없어 보이느냐고 난동을 부렸다. 그래도 술을 내어주지 않자 주인의 팔을 붙잡고 오늘이 우리 안사람 기일이요, 집에 가면 혼자

술 마시기 적적해서 그래, 라고 사정했다. 그러자 가게 주인은 설렁탕 한 그릇과 소주 한 병을 포장해 내밀었다. 기일이라니 드리는 거요, 라는 말에 김택구는 꿍얼거리면서도 비닐봉지를 받아 들고 가게를 나왔다. 돈도 벌고 공짜 음식까지 생긴 날, 이거야말로 운수 좋은 날 아닌가. 아무래도 오늘 저녁 거사가 잘될 징조이지 싶었다. 콧노래를 흥얼거리며 집으로 향했다. 흥에 겨워 시장을 지나다가 전봇대에 붙은 전단지를 봤다. '전통 인형 매입, 종류 불문, 개당 30만 원'이라고 쓰여 있었다. 배달 일을 한 달 내내 하루도 공치지 않아야 겨우겨우 60만 원 정도를 벌었다. 그런데 30만 원이라니. 김택구는 전단지에서 전화번호를 한 장 뜯어 주머니에 소중히 넣었다.

하지만 없었다. 분명 바닥에 뒹굴고 있던 못난이인형이 집 안 어디에도 없었다.

위험해지기 전에 돌려놓는 게 좋아.

여자의 말이 퍼뜩 되살아났다.

"위험하긴 뭐가 위험해? 설령 진짜 귀신이 있대도 전혀 무섭지 않아. 내가 원한을 살 일이 뭐가 있어. 없지, 암 없고 말고!"

김택구는 목청을 높이며 오랫동안 처박아둔 상자를 풀어

헤쳤다. 사업이 망하고 두 번, 아내가 세상을 떠난 뒤 또 한 번, 총 세 번을 이사하는 동안 대여섯 개였던 이삿짐 상자는 점점 줄고 줄어 결국 하나만 남았다. 아내가 죽고 난 뒤의 이사는 도망에 가까웠던지라 장롱 서랍 속의 물건을 상자에 쓸어 넣어 품에 안고 나왔다. 그러곤 한 번도 열어보지 않았다.

"뭐야, 이게 여기 있었네."

정신없이 상자 속 물건을 헤집던 김택구는 보자기를 집어 들었다. 그 안에는 나무토막 세 개가 들어 있었다. 김택구는 보자기를 든 채 집을 나가 쪽방촌 골목 끝으로 향했다. 그곳에는 웅덩이처럼 아래로 푹 파인 공터가 있었다. 사람들은 그곳에 온갖 것을 갖다 버렸다. 쓰레기가 쌓여 더러움이 정도를 넘는다 싶을 때면 누군가 그것들을 깡그리 불태웠다. 시청에서 주기적으로 '쓰레기를 태우지 마시오'라고 쓴 경고문을 골목 곳곳에 붙였지만 소용없었다. 김택구는 주머니에서 라이터를 꺼내 쓰레기 더미에 불을 붙였다.

"이딴 게 집에 있으니까 재수가 옴 붙는 거지."

김택구는 들고 온 보자기를 불길 속에 던져 넣었다. 해가 저물며 물든 붉은 노을이 좁은 골목 안으로 길게 뻗어 들어와 불길과 함께 너울거렸다. 서둘러야 했다. 해가 지면 슬슬 아이를 데리러 갈 준비를 해야 했다. 그 전에 인형을 찾아 돈으로 바꾸고 싶었다. 30만 원이면 분식집의 음식을 몽땅 사들이고도 남았다. 김택구는 우쭐거리며 타오르는 불길을 바라보았다. 불길은 10여 분을 타오르다 잦아들었다. 김택구는 혹여 불씨가 남았는지 확인하려고 바닥에서 막대기를 집어 잿더미를 헤집었다.

"뭐야, 이게……."

까만 잿더미 속 나무토막은 멀쩡했다. 그을린 자국조차 없이 나란히 놓인 토막 세 개. 김택구는 막대기 끝으로 그것들을 슬쩍 건드렸다.

다섯.

낭랑한 어린아이의 목소리가 골목 안에 종처럼 울려 퍼졌다. 동시에 나무토막 세 개가 용광로 속에서 녹아내리는 유리처럼 서로 엉겨 붙더니, 사라진 못난이인형이 되었다. 눈앞에 나타난 인형의 웃는지 우는지 모를 얼굴을 마주한 김택구의 목울대가 크게 꿀렁거렸다. 김택구가 비명을 지른 것보다 인형의 머리가 열린 것이 먼저였다. 그 안에서 쏟아져 나온 수백 마리의 메뚜기가 김택구에게 달려들었다.

"으아아악!"

김택구는 비명을 지르며 손을 마구 휘저었다. 얼굴에 들러붙은 메뚜기가 날아올랐다. 김택구는 혼비백산하며 골목을 달렸다. 메뚜기 떼의 요란한 날갯짓 소리가 끊임없이 김택구를 내몰았다.

"살려줘! 나 좀 살려줘!"

골목을 나와 시장 안을 가로지르며 소리 질렀지만 누구도 도와주지 않았다. 다들 의아한 듯 김택구를 바라볼 뿐이었다. "왜 저래?" "술 취한 거 아냐?" 사람들의 말소리가 김택구에겐 들리지 않았다.

저주를.

그런 일이 일어나게 만든 이들.

위험해지기 전에.

여자의 음성만이 날갯짓 소리에 뒤섞여 들릴 뿐이었다.

"그만! 난 잘못한 게 없어!"

새된 비명을 지르던 김택구의 얼굴로 헤드라이트의 붉은 빛이 쏟아졌다. 경적과 함께 달려드는 트럭 앞에서 김택구는 얼어붙었다. 머리는 도망치라고 외쳤지만 다리가 말을 듣지 않았다. 꼭 누군가 발을 꽉 붙들고 있는 것처럼 한 걸음도 옮길 수가 없었다.

"왜, 왜 하필 이런 때에."

아내가 죽기 직전에 했던 말이 기억났다. 입안에서 힘없이 웅얼거리던 목소리. 잘 들리지도 않던 말이 너무나 선명하게 귓속을 맴돌았다.

아빠한테 계속 업혀 있을 거야? 엄마랑 같이 가.

아스팔트를 긁는 긴 마찰음이 아내의 목소리를 가르고 들어와 김택구를 쳤다. 몸이 튕겨 올랐다 떨어지며 부서졌다. 까무룩 멀어지는 의식 속에서, 김택구는 자기 어깨에서 하얗고 작은 덩어리가 날아오르는 것을 봤다. 그것은 까르르 웃으며 허공을 향해 갔다. 공중에 화려한 장식을 두른 둥그런 거울이 떠 있었다. 거울 속에서 가느다란 팔이 뻗어 나와 흰 덩어리를 감싸 안았다.

이젠 같이 갈래?

거울 속에서 새어 나온 목소리가 익숙했다. 김택구는 거울을 향해 팔을 뻗었다.

"여보, 나 좀 살려줘. 제발 손이라도 잡아줘."

거울이 김택구를 내려다보듯이 기울어졌다. 김택구는 거울 속에서 젊을 적의 자신을 봤다. 그 속에서 김택구는 웅크린 아내의 배를 걷어차며 고집 좀 그만 부리라고 소리를 지르고 있었다. 발길질을 할수록 술이 깨어 점점 정신이 멀쩡해졌던, 그러나 발길질을 멈출 수 없었던 기억이 고장 난 비디오처럼 느리게 재생되었다. 김택구의 손이 부들부들 떨리다 툭, 아래로 떨어졌다.

그 손을 잡아줄 이는 어디에도 없었다.

* * *

"알코올중독으로 의심되는 남자가 교통사고로 사망했다네. 어휴, 아침 신문에 영 좋은 소식이 없네."

화는 읽던 신문을 착착 접어 카운터 옆에 둔 여행 가방에 밀어 넣었다. 카운터에 앉은 동이 눈을 치켜떴다.

"알아, 내가 오지랖 부린 거."

옛날 옛적, 인간 남자와 정을 통한 구미호가 있었다. 구미호는 인간의 아이를 배어, 인간의 삶을 살기로 선택했다. 힘과 영생이 사라져도 아이를 인간의 세계에서, 인간으로 기르는 편이 좋으리라 판단해서였다. 구미호는 정을 통한 남자가 그것을 원하지 않는다는 걸 몰랐다. 남자는 구미호의 힘이 가져다준 부를 포기하고 싶지 않았다. 남자는 여우에게 양파가 독이라는 말을 듣고, 양파를 갈아 고기에 섞어 구미호에게 먹였다. 구미호는 심한 구토 끝에 유산했다. 남자가 벌인 일을 알게 된 구미호는 분노해 남자를 죽이고 산으로 돌아갔다. 산의 왕은 남자가 새끼를 살해한 죄를 인정해 구미호를 벌하지 않았다. 그러나 인간이 되기를 택했던 구미호는 일족에게 외면당해 산과 인간세계의 경계를 오가며 불안정한 존재로 살게 되었다. 불안정함은 곧 혼돈이었고, 혼돈은 또 다른 힘이었다. 구미호는 그 힘으로 종종 경계에서 길을 잃고 헤매는 아이들을 집으로 돌려보냈다고 한다.

"나쁠 게 뭐 있어. 적당히 밖에서 한을 풀고 보낼 애들은 보내야지. 여기 땅의 기운도 예전 같지 않아. 게다가 유요, 그 아이가 운명을 거부하고 있으니 더욱 그렇겠지. 사부가 돌아온다고 믿다니."

화의 입가에 미소가 살포시 떠올랐다.

"사부도 오랫동안 쓸모없는 고집을 부렸지. 유요는 그런 점이 사부를 닮았어."

쿵. 무언가 문에 부딪히는 소리가 났다. 화는 문을 열고 바닥에 떨어진 것을 집어 들었다. 김택구가 가져갔던 인형이었다. 화는 인형을 이리저리 살펴보았다.

"봐, 청소가 싹 됐네."

화는 가게 안으로 돌아와 선반에 인형을 올려놓았다.

"백마의 해에 태어난 여자아이는 기가 세다."

화는 인형의 입가를 어루만졌다.

"기 센 혼을 무자비하게 죽이고 애도조차 하지 않은 주제에 아무 대가도 치르지 않으리라 여기다니, 무슨 배짱이람."

동은 못마땅한 듯 콧바람을 내뿜었다.

"그나저나 그 아이 말이야. 골목을 헤매던 아이, 기운이 범상치 않더라. 너도 봤지? 그 아이에게 달라붙은 것."

한번 향기에 홀린 김택구는 어떤 형태로든 가게 근처로 돌아오게 되어 있었다. 그러나 그날 밤, 가게 문을 두드린 아이는 계산 외의 존재였다. "저는 소하연입니다. 누가 자꾸 쫓아와요. 도와주세요." 또랑또랑한 목소리로 부탁하던 소하연의 등 뒤로 보인 이형의 존재. 화는 소하연에게 인간인 것, 인간 아닌 것, 어느 쪽을 쫓아내줄까, 라고 물었다. 아이의 긴장을 풀어주기 위해 반은 진심으로, 반은 농담으로 건넨 질문이었다. 어차피 아이가 알아듣지 못하리라 여겼다. 그렇기에 아이의 대답은 화를 놀라게 했다. "인간 아닌 것도 쫓아낼 수 있나요? 하지만 엄마는 쫓아내면 안 돼요." 그렇게 말하는 아이의 눈빛은 절박했다. 화는 아이를 가게에 들여 쉬게끔 했다. 김택구를 상대하고 돌아왔을 때 아이는 이미 잠들어 있었다.

"그 아이, 어쩌면 이 가게와 이어졌을지도 몰라."

동은 화의 말이 들리지 않는다는 듯 카운터에 앉아 눈을 감았다. 그 모습에 화는 어깨를 으쓱해 보였다.

"뭐, 나야 상관없지만."

화는 카운터 옆에 둔 여행 가방의 손잡이를 잡았다. 드르륵, 가방의 바퀴가 경쾌하게 굴렀다.

"그럼 잘 있어."

향기 섞인 바람이 소용돌이처럼 불어와 화의 몸을 감쌌다. 동은 향기가 모두 사라진 뒤에야 눈을 떴다. 의자에서 뛰어내린 동은 화의 기운을 뭉개려는 듯 가게 바닥을 마구 구르다가 벌떡 일어나 문가로 가 섰다. 돌아와야 하는 이의 발소리가 가까워지고 있었다.

3

1977년, 체신1호 벽괘형 공중전화기

손님은 밤을 망토처럼 두르고 왔다.

"공중전화를 가지러 왔습니다. 이유요라고 합니다."

무대에서 참 좋게 울릴 목소리다. 현관 밖에 선 이를 마주하자마자 떠오른 생각에 정지운은 짙은 자기혐오를 느꼈다. 짝사랑도 이쯤 되면 병이다. 정지운은 자조하며 손님의 행색을 살폈다. 눈썹 한가운데 난 한 가닥의 희고 긴 털이 가장 먼저 눈에 띄었다. 그 눈썹의 인상이 무척이나 강렬하여 그 외의 부분은 전체적으로 흐릿하게 다가왔다. 희부연 밤안개 같은 손님. 정지운은 이유요의 방문이 달갑지 않았지만 쫓아낼 수는 없었다. 게스트하우스 구석에 놓인 공중전화에 대해 알고 있다면 박유현이 보낸 사람일 가능성이 높았다. 애초에 정지운이 얼핏 무너져 내리는 초가집 이상으론 보이지 않는 '숲속 게스트하우스'에서 지내게 된 건, 박유현이 집을 정리해달라고 부탁해서였다. 형인 박서현과 함께 게스트하우스를 운영하려고 강원도에 집을 한 채 사서 준비 중이었는데, 상황이 바뀌어 처분하려 한다는 거였다.

그러나 이곳에서 지낸 한 달 동안 정지운은 아무것도 하지 않았다. 집을 정리하기는커녕 면도도 목욕도 제대로 하지 않아 집 안에 차 있던 곰팡내가 몸에서도 났다. 어쩌면 박유현이 더 이상 기다릴 수 없게 된 것은 아닐까. 정지운은 문 앞에서 비켜섰다.

"들어오십시오."

이유요는 집 안에 들어오자마자 거실을 가로질러 주방과 화장실 사이의 좁은 틈으로 향했다. 공중전화가 놓인 곳이었다. 그곳을 이미 알고 있는 듯한 모습에 정지운은 이유요를 박유현이 보냈음을 확신했다.

"이거로군요."

이유요가 허리 숙여 공중전화를 유심히 살폈다. 주황색의, 휴대용 금고만 한 크기로 다이얼을 돌리는 식의 전화기였다. 옆면이 망치에 두들겨 맞기라도 한 듯 일그러졌고 칠도 여기저기 벗겨져 그다지 값어치 있어 보이진 않았다. 이런 것을 왜 게스트하우스에 두었을까 싶게 흉물스럽기도 했다. 정지운은 게스트하우스에 온 첫날, 공중전화의 수화기를 들어보았다. 아무 소리도 나지 않았다. 전화선조차 연결되어 있지 않으니 당연한 일이었다. 그 후로 신경 쓰지 않고 지냈는데, 이유요가 꼼꼼히 살피는 모습에 한 가지 가능성을 떠올렸다.

박서현이 만든 소품인가. 그렇다면 박유현이 사람을 보내 따로 챙기려는 것도 이해가 됐다.

"하룻밤 묵어도 되겠습니까?"

이유요가 허리를 펴고 뒤에 서 있던 정지운에게 물었다.

"자고 가신다고요?"

정지운은 당황해서 되물었다. 이유요가 이 집에서 빨리 나가주기만 바라고 있었는데 숙박 요청이라니, 재빨리 핑계를 떠올렸다.

"덮고 잘 침구가 마땅치 않습니다. 장롱 안에 처박혀 있던 거라 냄새가 심할 거예요. 음식도 변변히 대접할 게 없고요. 여기서 차로 한 30분만 가면 멀쩡한 여관이 많습니다."

"차를 가져오지 않았습니다. 운전을 못 하거든요."

"그럼…… 택시를 불러드릴까요? 이 앞까지 오진 않지만 산 아래까지는 옵니다."

"산의 밤은 험하지요. 지금 이걸 들고 내려가긴 힘들 것 같군요."

산의 어둠이 이유라면 어쩔 수 없었다. 저녁 6시만 되어도 하늘로 곧게 뻗은 나무들의 그늘이 어둑한 밤을 불러오는 것을 정지운은 잘 알았다. 기슭을 타고 올라오는 사나운 바람이 현관문을 흔드는 소리에 흠칫 놀라 박서현과 이다은의 이름을 부른 적도 여러 번이었다.

"알았습니다. 방을 안내해드리겠습니다. 온수가 나오지 않으니 주의하시고요. 식사는……."

정지운은 잠시 망설였다. 그동안 정지운은 종종 날아오는 박유현의 '괜찮아?'라는 메시지에 '잘 지내'라고 답해왔다. 박유현이 그 이상 묻지 않은 건, 아마 박유현도 아직 괜찮지 않아서일 터였다. 괜찮지 않은 두 사람이 괜찮은 척하는 연기를 펼쳐 보이는데, 한 명이 갑자기 그 연기를 그만둬버리면 남은 쪽만 우스워진다. 박유현에게 그런 폐를 끼치고 싶진 않았다. 무대에서 내려가 퇴장할 때까지 연기는 계속되어야 했다.

"제가 먹던 것뿐이라 변변찮지만 괜찮으면 같이 드시죠."

이유요를 방으로 안내한 후 정지운은 주방으로 향했다. 싱크대 한쪽에 놓아둔 비닐봉지 안에는 고형 카레와 막걸리 한 병, 그리고 캡슐 서너 알이 든 밀봉 팩이 있었다. 오늘을 위해 특별히 주문한 것이었다. 택배가 게스트하우스까지 배달되지는 않았기에, 한 달 만에 산길을 걸어 내려갔다 왔다. 정지운은 비닐봉지 안을 한참 들여다보다가 입구를 단단하게 묶었다. 참치와 김치가 있으니 찌개는 끓일 수 있을 듯했다. 다행히 즉석 밥도 서너 개 남아 있었다. 계획을 내일로 미루어야겠다고 생각하며 정지운은 찬장에서 참치 통조림을 꺼냈다.

벚꽃이 피면 죽자.

이곳에 처음 왔을 때 결심했다. 게스트하우스 마당에 자리 잡은 벚나무가 신의 계시인 듯했다. 벚꽃은 이다은이 가장 좋아하던 꽃이었다. 무대를 망쳤다고 침울해하다가도 박서현이 벚꽃 구경을 가자고 하면 방방 뛰며 기뻐했다. 그 웃음이 좋았다.

정지운, 박서현, 이다은. 세 사람은 같은 극단 소속이자 오래된 친구였다. 부족한 배우는 그때그때 외부에서 데려왔고 극본가인 박서현이 소품 제작과 경영, 외부 계약까지 도맡아 하는 작은 극단이었다. 활동비는 각자 아르바이트와 발품을 팔아 모은 지원금으로 간신히 충당했다. 그래도 10여 년간 꾸준히 활동한 덕분에 처음에는 열 개도 팔리지 않던 표가 가끔은 매진이 될 정도로 성장했다. 아르바이트와 생활고에 지칠 때는 언제까지 이런 생활을 할 수 있을지 싶다가도 본무대가 끝난 후 관객석에서 박수가 터져 나오면 언제까지고 이런 날들이 계속되기를 바라게 되었다. 열네 살, 처음 연기를 시작했을 때 언젠가 대배우가 되리란 결심은 현실에 눌려 납작해졌지만, 타성에 가깝게 이어지는 날들에 대한 믿음만은 점점 견고해졌다.

부수고 싶었다, 가끔은.

하지만 그런 식으로 산산조각 나기를 바란 적은 한 번도 없었다.

교통사고가 난 건 두 달 전이었다. 지방 공연을 마치고 서울로 향하던 극단 승합차를 트럭이 덮쳤다. 트럭 운전사의 졸음운전이 원인이었다. 승합차에는 박서현과 이다은, 두 사람뿐이었다. 지방에 혼자 남아 있던 정지운이 연락을 받고 병원에 도착했을 때, 두 사람은 숨을 거둔 뒤였다. 그 후 정지운은 일상을 잃었다. 매일 혼자 연습실 한가운데에 멍하니 앉아 있기만 했다. 연습실 대여 기간이 끝나 다른 사람들이 왔는데 망부석처럼 버티고 앉아 있던 탓에 끌려 나오기도 여러 번이었다. 그러던 어느 날 박유현이 찾아왔다. "형, 나 좀 도와줄래요?" 부탁을 가장한 배려를 마다할 수 없었던 건 털어놓을 수 없는 죄책감 때문이었다.

　꽃이다. 꽃이 피면 친구들의 곁으로 가자.

　정지운은 매일 벚나무를 살폈다. 그러나 5월이 되도록 벚꽃은 단 한 송이도 피지 않았다. 어쩌면 나무가 죽지 말라고 하는 걸까. 아침에 앙상한 나뭇가지를 바라보다 퍼뜩 떠오른 생각에 흠칫 놀라 청소를 하기로 했다. 꽃이 피었을 때, 연분홍 꽃잎에 어울리도록 집을 깨끗하게 만들고 싶었다. 무언가 하고 싶어진 건 친구들의 장례식 이후 처음이었다. 창고를 뒤져 청소 도구를 꺼내 왔다. 이 집을 깨끗하게 만들면 죄책감도 함께 씻겨 나갈 것만 같았다. 그러나 청소는 쉽지 않았다. 비질하다 누가 발이라도 건 것처럼 넘어지면서 옆에 놔둔 양동이를 걷어차는 바람에 바닥이 물바다가 됐다. 간신히 바닥을 닦고 화장실에서 걸레를 빠는데 비누 거품에 미끄러지면서 전구를 깼다. 그 파편을 치우다 손이 베였다. 붉은 핏방울이 손가락을 타고 흘러내렸을 때 휴대전화가 울렸다. 택배를 산길 아래 물품보관함에 넣고 간다는 배달원의 메시지였다. 주문한 청산가리 캡슐이 도착한 거였다. 정지운은 화장실 바닥에 털썩 주저앉았다. 몇 시간 동안 일어난 모든 일이, 네가 살기를 바라는 이 따위는 없다고 외치는 듯했다. 정지운은 허탈하게 웃었다.

죽자. 역시 죽어야만 한다.

정지운은 엉덩이가 축축하게 젖은 채 산길을 내려갔다. 삶에 대한 충동은 사라지고 죽음을 향한 조바심만 거세어졌다. 벚나무는 죽은 것이었다. 그렇기에 꽃을 피우지 않을 뿐이었다. 죽음조차 선택할 수 없기 전에 죽자고, 정지운은 마음을 다잡았다.

그런 계획이 타인의 난입으로 중단되는 것이 달갑지는 않았다. 정지운은 참치 통조림에 달린 손잡이를 잡아당겼다. 뚜껑은 열리지 않았고 손잡이만 툭 떨어졌다. "뭐 하나 제대로 하는 게 없다니까." 정지운은 쓴웃음을 지었다.

* * *

참치김치찌개는 밍밍해서 맛이 없었다. 정지운이 즉석 밥을 뜯어 건너편에 앉은 이유요에게 건네는데 요란한 전화벨 소리가 들렸다. 휴대전화 벨소리와는 다른, 투박한 기계음이었다.

"공중전화 벨소리네요."

"예? 그럴 리가요."

정지운이 자신의 휴대전화를 꺼내 확인하는 동안에도 벨

소리는 계속 울렸다. 정지운은 식탁을 떠나 공중전화가 놓인 곳으로 갔다. 공중전화가 낡은 몸을 떨며 울고 있었다. 정지운은 마른침을 삼키며 수화기를 들었다. 공포 영화에서 폐가에 걸려온 전화를 받는 등장인물은 보통 주인공이거나 가장 먼저 죽는 엑스트라, 둘 중 하나였다.

주인공은 아니니 죽는 쪽이려나. 그렇다면 나쁠 건 없었다. 정지운은 수화기를 귀에 가져다 댔다. 살인자의 음산한 웃음소리는커녕 신호음조차 들리지 않았다.

"귀신이 곡할 노릇이네요."

식탁으로 돌아온 정지운은 멋쩍게 중얼거렸다. 어색한 분위기 속에 식사가 시작되었다. 정지운은 한 달 만에 다른 사람과, 그것도 처음 본 사람과 마주 앉아 밥 먹는 것이 불편했다. 원래 낯을 가리는 성격이었다. "너희 둘은 어떻게 친해졌냐?" 박서현과 정지운, 두 사람을 아는 이들은 묻곤 했다. 정지운이 도통 누구와 가까이 지내질 않았기 때문이다. 하지만 박서현은 누구와도 쉽게 친해졌고, 어디서든 대화를 주도했다. 박서현의 친화력과 언변이 아니었다면 둘은 친구가 될 수 없었을 것이다. 극단도 진즉 문을 닫았을 것이다.

역시 나 같은 것보다 박서현이 살아야 했다.

정지운은 숟가락을 든 채 멍하니 허공의 한 점을 응시했다. 사고가 나기 전날 밤의 기억이 어둑한 허공을 무대로 펼쳐졌다.

그날 정지운은 박서현과 말다툼을 벌였다. 지방 공연을 끝낸 늦은 밤이었다. 계기는 하찮았으나 서로 쌓인 것이 터져 폭언이 오갔다. 결국 다른 사람들이 와서 싸움을 말리기에 이르렀다. 공연을 끝내고 바로 서울로 올라가야 할 일정이 싸움 때문에 틀어졌다. 박서현은 늦게라도 출발하자 했고, 정지운은 하룻밤 자고 다음 날 출발하자 했다. 또다시 말싸움이 이어졌다. 결국 정지운만 남았다. 정지운은 그것이 못내 서운했다. 여관방에서 혼자 술을 마시며 투덜거렸다. 콱 사고나 나라, 하고 악담도 퍼부었다.

어때? 바라던 대로 이루어졌잖아.

무대 위의 정지운이 흰 이를 드러내며 웃었다. 무대 밖의 정지운은 아니라고 소리를 지르고 싶었다. 그저 술주정이었다고, 이런 것을 바란 적 없다고. 하지만 손만 덜덜 떨릴 뿐 말은 목에 탁 걸린 채 나오지 않았다.

"에버랜드에 독수리요새란 놀이기구가 있는데, 거기에 전화 괴담이 유명합니다."

불쑥 난입한 불청객의 등장에 허공에 펼쳐졌던 무대는 사라지고 정지운은 현실로 돌아왔다. 들고 있던 숟가락에서 떨어진 국물이며 밥알로 자리가 엉망이 되었다.

"압니다. 예전에 에버랜드에서 아르바이트했어요."

놀이공원이 문을 닫은 후, 아무도 없는 독수리요새에 전화벨이 울린다는 괴담이었다. 그 전화를 받으면 소복 입은 귀신이 나온다거나 사고로 죽은 수리 기사의 유령이 저승으로 끌고 간다거나 등등 여러 버전이 있었다. 정지운이 아르바이트할 때 독수리요새는 철거가 결정되어 운행을 하지 않고 쉼터처럼 쓰였지만, 괴담은 사라지지 않았다.

이다은을 처음 만난 곳도 에버랜드였다.

10여 년 전, 스무 살 정지운은 이다은과 함께 에버랜드에서 야간 아르바이트를 했다. 이다은은 붙임성이 좋았다. 다른 여자 아르바이트생과는 눈도 제대로 마주치지 못했던 정지운도 이다은과는 서서히 친해졌다. 이다은은 겁이 많아서 불 꺼진 독수리요새 앞을 지날 때면 아무렇지 않은 척하면서도 정지운에게 몸을 바짝 붙여오곤 했다. 그 겁먹은 표정이 귀여워서, 정지운은 가끔 귀신을 만났다는 사람들의 목격담을 연기를 곁들여 들려주곤 했다. 이다은은 무서워하면서도 정지운이 연기를 잘한다며 감탄했다. "친구랑 극단을 만들어서 연기를 하고 있어." 으쓱해져서 한 자랑에 이다은은 관심을 보였다. 자기도 연기를 해보고 싶었다고, 공연할 때 구경을 가도 되느냐고 했다. 그렇게 이다은은 극단의 일원이 되었다.

"전화는 참 친근한 기계인데, 불길함의 징조를 알리는 장치로 많이 쓰이는 게 흥미롭지요. 1963년 작품인 〈블랙 사바스〉란 영화도 낯선 이의 살인 예고로 시작되거든요. 그 유명한 영화 〈스크림〉의 한 장면처럼 말이죠. 전화를 매개로 한 공포는 시대를 막론하고 나타나는 셈입니다."

정지운은 자꾸만 떠오르는 이다은의 얼굴을 떨쳐내려고, 좋아하는 영화 이야기를 꺼냈다.

"귀신은 사람에게 전화를 걸 수 있으나 사람은 귀신에게 전화를 걸 수 없다는 속설이 있지요."

"일방통행이군요. 하긴, 공포 영화나 스릴러 등에서도 그런 용도일 때가 많더군요. 살인범에게 일방적으로 걸려오는 전화라던가. 〈폰 부스〉란 영화가 있는데, 공중전화 부스에서 협박당하는 주인공 이야기예요. 테러범은 주인공을 관찰하지만, 주인공은 테러범이 거는 전화 외에 그의 정체에 대해 알 수 없죠. 그런 걸 보면 정보의 편향이 곧 공포일 수도 있겠군요."

"친숙한 물건일수록 보통과 다르게 쓰일 때 낯선 느낌이 드니까요."

정지운은 고개를 끄덕거리며 역시 이유요의 목소리가 좋다고 생각했다. 중저음의 목소리가 나나 시몬을 닮은 듯했다. "정지운 씨는 목소리가 살짝 아쉽네." 마지막으로 봤던 영화 오디션에서 감독이 그런 말을 했었다. 감독은 정지운에게 다른 오디션을 보라며 추천했다. "자네에게 딱 어울리는 역할이 있어." 그 말이 떠올라 주먹을 꽉 움켜쥐었다.

"일본에는 사람이 귀신에게 전화를 거는 이야기가 있습니다."

이유요의 목소리가 나직하게 이어졌다.

"사토루 괴담입니다. 공중전화에 10엔을 넣고, 자기 번호로 전화를 건 후에 사토루 군, 하고 세 번 부르면 스물네 시간 안으로 사토루 군이 찾아온다고 합니다."

찾아온 사토루 군은 무엇이든 궁금한 것을 한 가지 알려준다. 다만 주의 사항이 세 가지 있었다. 절대로 뒤를 돌아보면 안 되었고, 이미 아는 것은 묻지 말아야 한다.

"그리고 마지막 한 가지는……."

"역시 그거겠죠? 질문에 대한 대답은 다른 사람들에게 무조건 비밀."

귀신에게 질문하는 것이 주가 되는 이야기에는 법칙이 있었다. 정해진 주의 사항을 지킬 것. 비밀은 많은 이야기의 공통 요소였다.

"사토루 군 이야기는 동명의 동요에서 시작되었다는, 아이들 사이의 놀이가 괴담으로 발전되었다는 설이 가장 유력하더군요."

"동요라고요?"

흥미가 생긴 정지운은 휴대전화로 '사토루 괴담'을 검색했다.

"진짜네. 동영상이 있군요."

정지운은 재생 버튼을 클릭했다. 기교 없이, 빈 교실에서 혼자 목청껏 외치는 것 같은 노랫소리가 흘러나왔다. 동영상 아래 번역된 가사를 읽던 정지운이 아, 하고 작게 탄성을 질렀다. 가사는 어린 시절 친구인 사토루를 추억하는 내용이었다. 부끄러움이 많아서 다른 사람에겐 모습을 보이지 않고, 유리창에도 비치지 않는 아이. 사는 곳도 모르고, 옆집 할아버지의 죽음을 예견이라도 한 듯 구는 신비한 아이. 어른이 된 후에 다시 만나고 싶어서 주변 사람들에게 물어봐도 누구 하나 기억하지 못하는, 존재하지 않았던 것 같은 아이. 정지운은 사토루를 알고 있었다.

나만의 사토루. 정지운의 사토루는 '서현'이었다.

정지운은 어릴 적에도 친구들과 잘 어울리지 못했다. 아들을 방치했던 부모 때문에 정지운의 머리는 늘 덥수룩했고, 손톱 아래에는 때가 끼어 있었다. 아이들은 정지운과 친하게 지내면 더러움이 옮는다며 자기들끼리 키득거렸다. 옆을 지나면서 코 막는 시늉을 하기도 했다.

집에서도 유치원에서도 놀이터에서도 혼자였던 날들. 그 시절의 기억은 정지운에게 흐릿했다. 아마 그다지 즐거운 일도, 충격적일 만큼 슬픈 일도 없었던, 밋밋한 날들이었기 때문이리라. 그렇지만 단 하나 서현이란 이름은 선명하게 기억했다.

서현은 어느 날 갑자기 나타났다. 정지운이 놀이터 공중화장실 뒤에서 놀고 있었는데, 파란 줄무늬 셔츠를 입은 아이가 두리번거리며 화장실에서 나왔다.

누굴 찾아?

정지운이 묻자 아이는 되물었다.

여기가 어디야?

어디냐면…… 놀이터.

아이는 놀이터, 라고 중얼거리곤 한동안 움직이지 않았다. 혼자 땅바닥에 그림을 그리던 정지운은 다시 아이에게 말을 걸었다. 평소라면 하기 힘든 행동이었지만 멍하니 서 있는 아이를 보니 무엇이라도 해야 할 것 같았다.

같이 놀래? 난 정지운.

나는…… 내 이름이 기억 안 나.

정지운은 아이가 손목에 찬 종이 팔찌를 가리켰다.

거기 써진 게 이름 아냐? 서현.

서현.

그래, 우리 같이 놀자.

서현은 정지운이 내민 나뭇가지를 받아들였다. 두 사람은 함께 커다란 성을 그렸다. 성이 완성되자 서현은 신이 나서 외쳤다. 이건 용도 쳐들어오지 못하는 마법의 성이야! 그러곤 정지운에게 너는 특별히 용사시켜줄게, 라고 선심 쓰듯 말했다. 정지운은 서현을 따라 용사 흉내를 냈다.

넌 내가 만난 용사 중 가장 완벽한 용사야!

서현은 환하게 웃었다. 그러곤 정신없이 놀다가 화장실에 가서는 돌아오지 않았다. 해가 질 때까지 서현을 기다리던 정지운은 화가 나서 집으로 돌아갔다.

다음 날, 서현이 또 나타났다. 왜 말도 없이 집에 갔느냐고 따지자 서현은 울상이 되어 대답했다. 집에 가려고 했던 거 아니야. 정지운은 툴툴거렸지만 함께 노는 사이에 서운함을 잊었다. 그날도 서현은 화장실에 가더니 홀연히 사라졌다. 다음 날, 그다음 날도 그랬다. 정지운은 서현의 등장과

퇴장에 익숙해졌다. 나타나는 건 오후 3시, 사라지는 건 오후 5시. 서현이 인사 없이 사라지는 게 더는 서운하지 않았다. 그런 것에 서운해하기엔 서현과 노는 것이 너무 좋았다. 서현은 정지운이 모르는 이야기를 잔뜩 알고 있었다. 용을 물리치는 용사, 거인을 무찌르러 가는 재봉사, 왕좌를 놓고 다투는 마법사 이야기. 서현이 정해주는 역할을 연기하다 보면 정말로 용사나 마법사가 된 것 같았다.

유치원에서 가장 친한 친구를 그리라고 한 날이었다. 정지운은 서현을 그렸다. 줄무늬 셔츠의 선을 정성껏 긋고 파란색 크레파스로 서현이란 이름도 크게 써 넣었다. 서현을 만나면 보여줘야지 싶었다. 하지만 그러지 못했다. 평소 정지운을 놀리던 아이들이 그림을 빼앗아 갔다. "서현? 이런 애는 없잖아!" "친구 없는데 있는 척한데요!" "거짓말쟁이!" 정지운은 처음으로 아이들에게 맞섰다. 돌려달라고 소리를 지르고 주먹을 휘둘렀다. 결과는 처참했다. 마구 얻어맞았고, 정지운의 엄마가 유치원에 불려 왔다. 선생님과 한참이나 대화를 나눈 뒤 엄마는 전에 없이 주의 깊은 눈길로 정지운을 살폈다.

"그 서현이란 친구, 정말 있는 거지?"

"당연하지! 엄마도 만나볼래?"

정지운은 엄마의 손을 잡아끌고 놀이터 화장실 뒤쪽으로 갔다. 오후 3시면 반드시 놀러 오니까 조금만 기다리라고 의기양양하게 말했다. 서현을 만나면, 자신이 거짓말쟁이가 아님을 엄마가 믿어주리라 생각했다. 그 생각만으로 신이 났다.

하지만 서현은 나타나지 않았다.

4시가 지나고 5시, 해가 지평선에 걸리고 주황빛 노을이 땅에 드리울 때까지도 서현은 오지 않았다. "왜 안 오지. 분명 약속했는데." 초조하게 중얼거리는 정지운을 엄마가 꽉 끌어안았다. 다음 날부터 엄마는 아무리 바빠도 정지운을 깨끗하게 씻겨주었다.

동영상에서 재생되는 노랫소리가 정지운에게는 음산하기보다 서글프게 들렸다. 노래 속 아이는 외로운 것이었다. 외로운 아이는 '상상 친구'를 만들게 마련이었다. 자기에게만 보이고 자기하고만 놀아주는 절대적인 나의 편. 당연히 다른 사람에겐 보이지 않았다. 주소를 들었다고 해도 기억해선 안 되었다. 자기 집 주소일 테니, 그걸 기억하는 순간 친구가 가짜라는 걸 인정해야 하니까. 상상 친구는 옆집 할아버지의 죽음을 예견하는 신비한 힘도 가지고 있어야 했다. 외로운 아이일수록 특별한 힘을 원하는 법이니깐.

그렇게 생각하면 사토루 군을 불러낼 때, 자기 번호로 전화를 거는 것이 당연했다. 사실은 주술을 행하는 아이들도 알고 있었던 게 아닐까, 사토루 군의 정체를.

서현에 대한 기억은 박서현과 처음 만났던 시절을 끌고 왔다. 서현과 박서현. 이름이 같아 놀랍고도 반가웠던 그 아스라한 감정. 정지운의 입가에서 미소가 사라졌다. 동영상을 끄고 휴대전화를 주머니에 넣었다.

"왜 공중전화일까요? 이 노래, 2007년에 발표되었다는데요. 그쯤이면 일본도 공중전화 사용이 많이 줄어들었을 텐데요."

정지운은 아무렇지 않은 척 이유요에게 다시 말을 건넸다.

"공중전화라는 건 개인이 소유한 휴대전화와 다르게 낯선 누군가와 연결될 수 있다는, 막연히 기대하게 만드는 힘이 있지요. 아이들에겐 그게 마법의 상자처럼 보이지 않았을까요."

잘 먹었습니다, 하고 이유요가 젓가락을 내려놓았다. 불청객과의 식사는 끝났다. 맛없던 찌개가 든 냄비는 어느새 텅 비어 있었다. 정지운은 냄비를 들어 싱크대에 던지듯이 넣었다. 즐거웠다. 오랜만에 타인과 함께한 식사가, 이유요와의 대화가, 밍밍한 찌개가 맛있게 느껴질 정도로. 그 사실에 견딜 수 없는 죄책감이 몰려왔다.

정지운은 설거지를 했다. 싱크대에 묻은 물기까지 깨끗하게 닦아냈다. 오늘의 흔적을 조금이라도 남겨두었다간 미련이 남을 것만 같아서 최대한 박박 문질렀다.

그래야만 했다.

* * *

"너, 나랑 연극부 만들자."

세상의 색이 변한 순간을 기억한다. 창문으로 불어오던 쌀쌀한 봄바람, 익숙하지 않아 자꾸만 잡아당기게 되던 교복 넥타이, 교실 안 곳곳에 먼지처럼 들썩거리던 설렘과 서로를 향한 탐색. 고개를 푹 숙인 정지운의 눈에 비친 세상은 칙칙한 회갈색이었다. 새 학기가 시작되고 일주일이 지나도록 친구는커녕 끼어들 무리조차 찾지 못한 중학교 1학년의 매일은 단조로웠다. 이대로 단조로운 날들이 이어지리라. 고개를 숙인 채 회갈색 세계에 녹아들었다.

"연극부? 나한테 하는 말이야?"

"맞아. 너, 정지운. 엊그제 교문에서 지각으로 걸렸지? 다시는 지각하지 않겠다고 외치는 거 들었어. 발성 듣고 딱 느꼈지. 쟤는 나와 연극을 할 운명이다, 라고."

반짝반짝 빛났다. 쾌활한 목소리도, 풍부한 표정도. 친밀

한 몸짓에서 빛나는 가루가 회갈색의 웅덩이로 떨어졌다.

"고작 그걸로?"

"고작이라니. 날 믿어. 넌 대배우가 될 거야. 난 대작가가 되고."

"작가?"

"난 극본 쓰거든. 아, 내 이름은 박서현."

서현처럼 갑자기 나타난 아이. 박서현은 정지운의 세상을 바꾸었다. 회갈색의 단조롭던 세상에 온갖 색이 흘러 들어왔다.

"너 진짜 왜 나를 선택했어?"

딱 한 번, 정지운은 박서현에게 그렇게 물었다. 공연이 끝나고 바닷가에서 함께 맥주를 마시다가 정지운의 옆얼굴을 봤는데, 갑자기 그가 어릴 적 서현처럼 사라질 것만 같았다. 초조함에 불쑥 밀려 올라온 질문은 정지운이 늘 품고 있던 불안이기도 했다. "박서현이라면 더 재능 있는 파트너를 얼마든지 만날 수 있었을 텐데." "극단이 자리 잡지 못하는 건 역시 배우가 약해서야." "차라리 박서현이 배우를 하지." 주변의 수군거림은 못 들은 척해도 들려왔다.

"운명이래도."

"헛소리하지 말고."

"진짜야. 네 목소리를 듣는 순간 왜인지 그리웠어. 그게 이유야."

"취했냐? 낯간지럽게."

취한 건 정지운 쪽이었다. 그날, 정지운은 화장실에 간다는 박서현을 붙잡고 사라지면 안 된다며 매달렸다. 박서현은 새하얗게 질린 얼굴로 절대 사라지지 않겠다고 복창한 뒤에야 정지운의 손에서 풀려났다. 파도 소리에 섞이던 웃음소리와 모래사장을 뛰어가던 발소리. 이다은이 주운 소라 껍데기에서는 그 모든 것이 뒤엉켜 윙윙거리는 소리가 울렸다.

그 소리가 정지운의 잠을 깨웠다.

* * *

바람이 창문을 흔들었다. 바람이 창호지를 두드리는 소리가 먼 곳에서 치는 북소리처럼 들린다는 걸, 이곳에서 잠들지 못한 무수한 밤을 통해 알았다.

꿈을 꾸는 건 무척 오랜만이었다. 매일 술을 마시고 곯아떨어졌기 때문이다. 혹은 꿈을 잃어버렸기 때문일지도 모른다. 어느 쪽이든, 간만의 꿈이 너무나 선명해서 혼자 방에 누워 있는 쪽이 꿈인 것만 같았다. 꿈속에서도 멋있는 척하기는. 눈앞에 박서현이 있다면 그렇게 농을 걸었을 것이다.

3. 1977년, 체신1호 벽패형 공중전화기

현실을 되돌려준 건 심한 목마름이었다. 정지운은 방을 나가 주방으로 향했다. 물을 한 컵 가득 따라 마셨지만 목마름은 쉬이 가시지 않았다. 결국 생수 한 통을 다 비운 후에야 주방을 나왔다. 방으로 돌아가던 정지운은 공중전화 앞에서 멈췄다. 어둠 속에서 주홍빛이 매끄럽게 빛나고 있었다. 구름 사이로 새어 드는 달빛도 없는데 혼자 빛나고 있는 모습이 어딘가 기묘했다. 정지운은 이끌리듯 공중전화 앞으로 가서 수화기를 집어 들었다. 동그란 다이얼에 손가락을 걸고 끝까지 돌리기를 여러 번. 고요하던 수화기 너머에서 신호음이 들렸다. 사토루 군, 하고 부를 생각은 들지 않았다. 얼굴도 본 적 없는 사토루 군이 찾아온다 한들 물어볼 것도 없었다.

물어보고 싶은 것이 있는 상대라면 오직 한 명이었다.

"박서현. 박서현. 박서현."

신호음이 끊겼다. 될 리가 없었다. 괴담은 괴담일 뿐이었다.

정지운이 수화기를 귀에서 떼어내려고 할 때였다. 끊겼던 신호음이 길게 재생되었다. 귓속을 파고드는 날카로운 기계음에 찌푸려졌던 표정이 일순간 바뀌었다.

〔여보세요.〕

박서현의 목소리였다.

"박서현? 너야? 정말로?"

정지운은 수화기를 귀에 바짝 가져다 댔다.

〔뭐야, 내 목소리도 못 알아들어?〕

꿈인가? 수화기를 쥔 정지운의 손에 힘이 들어갔다.

〔겁도 많으면서 한밤중에 잘도 걸었네. 내가 악령이 되어서 지옥에 끌고 가거나 하면 어쩌려고.〕

"지옥에 끌려가도 괜찮아."

진심이었다. 어차피 죽으면 지옥에 갈 것이다. 정지운은 그렇게 확신하고 있었다. 친구들의 죽음에 저주를 퍼부었으니 당연한 대가라고. 중요한 건 그런 게 아니다. 중요한 건…… 정지운은 마른침을 삼켰다.

"서현아, 나 물어볼 게……."

〔괜찮긴 뭐가 괜찮아? 너 그렇게 대충대충 물에 물 탄 듯 술에 술 탄 듯 주변에 맞추기만 하면 안 된다고 했지. 나랑 다은이가 그렇게 잔소리를 해도 변하는 게 없냐. 지옥에 끌려갈 것 같으면 내가 뭘 잘못했느냐고 따지고 들어야지! 우리 첫 무대 때도 말이야. 네가 그렇게 멍하게 구는 바람에 극장 대여료 두 배나 바가지 쓸 뻔했잖아.〕

"잠깐만, 지금 그 이야기는 상관없잖아."

정지운의 귓불이 새빨갛게 달아올랐다. 그 일은 다시 떠올리고 싶지 않은 부끄러운 과거였다.

〔결국 다은이가 해결했잖아. 그 공연 끝나고 뒤풀이 때, 네가 다은이한테 엉엉 울면서 고맙다고 했지. 술이 만취해서 갑자기 좋아한다 고백하고, 차였지.〕

"그만! 와, 치사하게 남의 흑역사를 들추냐!"

〔그렇게 멋없게 고백하니까 결국 다은이가 나랑 함께 있게 된 거 아니겠냐.〕

너스레를 떠는 박서현의 말투에 정지운은 대화에 빨려 들어갔다. 과거를 회상하는 수다가 이어졌다. 처음으로 소극장 표를 절반이나 팔았던 일, 대기실로 첫 팬이 찾아왔을 때 너무 크게 환호성을 지른 탓에 팬이 놀라서 도망갔던 일, 이다은의 생일에 서로 먼저 선물을 주려고 눈치를 보다가 결국 자정을 넘길 때까지 둘 다 축하한다는 말도 건네지 못했던 일까지. 세 사람의 술자리에서 번번이 오가던 이야기들이었다. 정지운은 깔깔 웃었다. 웃으면서 울었다. 대화가 이어질수록 언젠가는 이 대화가 끝날 것이 실감 났다. 화장터에서 전광판의 붉은 숫자가 줄어드는 것을 지켜보고 있을 때나 납골당에 갔을 때도 죽음은 단어로만 존재했다. 그렇기에 힘들었다. 일상을 함께하던 이들이 다시 돌아오지 않는 것은 이성적으로 받아들일 수 있는 일이 아니었다.

우리의 이야기가 끝나가고 있다.

수화기 너머의 박서현과 대화하는 동안 죽음이 점차 마음에 스며들었다. 새로운 이야기가 생겨나지 않는 것, 그것이 죽음이었다. 정지운은 소리 없이 울었다. 흘러내린 눈물로 뺨이 얼룩졌다.

　　〔야, 우리 싸운 날 말이야. 나 사고 나기 전날.〕

　　수화기 너머에서 박서현의 목소리가 진지해졌다.

　　〔다은이랑 결혼한다고 하니까 네가 화를 냈잖아. 그때는 내가 생각을 못 했는데 혹시 너, 계속 다은이 좋아했냐?〕

　　"아니야."

　　〔맞으면 맞다고 해. 그런 거면 내가 너무 무신경하게 군 셈이잖아.〕

　　"진짜 아니야. 나는……."

　　이다은이 좋았다. 스무 살에 처음 만났을 때 첫눈에 반했고 고백을 거절당한 뒤에도 계속 좋아했고, 박서현이 이다은을 좋아한다고 털어놓은 후에는 함께 좋아했다. 너무 오래 좋아해서 좋아하는 게 당연해졌다. 박서현과 이다은이 사귀기 시작했을 때 술을 진탕 마시고 서운한 척했지만 내심 다행이라 여겼다. 이다은의 연인이 박서현이라 다행이라고. 둘 다 연애 때문에 극단에 소홀하지는 않을 테고, 앞으로도 셋이 함께 어울려 지낼 수 있을 테니까. 차마 그 본심을 꺼내놓을 수 없어 더더욱 술만 마셨다.

"나는…… 무서웠어. 너희가 나만 두고 어디로 가버릴까 봐."

그날 밤의 싸움은 이번 해가 가기 전에 결혼식을 올릴까 해, 라고 말한 박서현의 한마디에서 시작되었다. 박서현과 이다은이 언젠가 결혼할 것은 예상했다. 두 사람이 나누는 대화에 신혼집이라던가 아이, 청약 등 정지운이 끼어들 수 없는 화제가 점점 늘어나서 모를 수 없었다. 그럼에도 그날이 영영 오지 않기를 바랐다. 언제까지고 좁은 원룸에 둘러앉아 함께 지낼 수 있다면 좋으리라 여겼다. 결혼은 연애와 달랐다. 두 사람만의 공간, 두 사람만의 생활, 두 사람만의 관계. 그곳에 자신의 자리는 없지 않을까. 정지운은 그것이 무서웠다. 그래서 불퉁하게 마음에도 없는 말을 해버렸다. 돈도 없는데 무슨 결혼이냐, 네 극본으로는 돈을 못 벌잖아, 라고.

"내가 겁쟁이라 그랬어. 서현아, 박서현, 그때 내가 한 말 말이야."

〔잠깐만, 내가 먼저야. 정지운, 그날 심한 말을 해서 미안해. 너한테 형편없는 배우라고 한 거, 욱해서 그런 거야. 네가 한 말에 찔려서 펄펄 날뛴 것뿐이라고. 너 연기 잘해. 다른 극단에서 너 빌려달라고 한 것만 몇 번이냐. 영화 오디션

에서 최종까지 간 적도 많잖아.〕

가라앉았던 박서현의 목소리가 본래대로 돌아왔다.

〔우리 극단이 잘 안된 건, 내 대본이 구려서야. 그게 맞아.〕

"아니야!"

정지운은 다급히 외쳤다.

"네 대본은 언제나 훌륭해. 그때 내가 한 말, 진심이 아니야. 혼자 남는 게……"

혼자 남는 게 두려워서 내뱉은 말이었는데 정말로 혼자가 되어버렸다. 설움이 치솟아 올라 목이 메었다. 결국 정지운은 꺽꺽 소리 내어 울었다.

〔야, 너 울어? 왜 울어? 네가 그러니까 떠날 수 없잖아. 다은이가 힘들어 죽겠단다.〕

"다, 다은이가…… 왜?"

〔벚나무가 꽃을 못 피우게 하려고 기를 쓰고 있어. 이제 벚꽃이라면 질색이래. 다은이가 직접 한소리 한다고 벼르고 있었는데 왜 나를 찾았어? 다은이가 역시 자기를 좋아했던 건 순 거짓말이라고 장난 아니게 투덜거린다.〕

"그러게, 왜 네 이름만 떠올랐을까?"

그야 네가 내 최초의 친구였으니까. 너 때문에 혼자였던 내 세상이 바뀌었으니까. 정지운은 그 말들을 울음과 함께 꿀꺽 삼켰다.

"서현아, 나 너희가 있는 곳으로……."

〔이 공중전화, 우리 아버지가 구해 온 거야. 나 어릴 때, 유치원 때였대.〕

박서현이 정지운의 말허리를 잘랐다.

〔연극이나 영화와 관련된 기묘한 물건을 모으는 취미가 있으셨거든. 이거, 1977년 이리역 폭발 사고 때 무너진 삼남극장에 설치되어 있던 거래. 뭐, 그게 사실인지 모르겠지만. 수집가들에게 좋은 값 받으려고 지어낸 걸 수도 있잖아. 여하튼 아버지, 이거 때문에 어머니한테 잔소리 엄청나게 들었어. 왜 이렇게 흉한 걸 사 오느냐고. 어쩔 수 없이 집 안에 못 두고 창고에 뒀거든? 그런데 밤마다 벨이 울리는 거야. 전화선도 연결되어 있지 않은데. 더구나 창고가 무너지면서 아버지가 팔을 다쳤어. 험한 일 겪은 사람들 심정은 생각도 하지 않고 호기심에 물건을 수집하니 탈이 난 거라고 어머니가 또 한바탕 잔소리를 했지. 그러곤 무당을 불러와서 굿을 했대.〕

"너희 어머니, 교회 권사님 아니었어?"

〔한국에서 굿은 신앙이 아니라 전통이라는 게 우리 어머니의 주장이야. 무당이 왔는데 그랬대. 저주 같은 게 아니라고. 폭발 사고가 났을 때, 그 주변 사람들이 자기가 무사하다

는 걸 알리려고 다 이 공중전화를 찾아 헤맸던 거야. 걱정하는 누군가를 안심시키려고. 그 마음들이 공중전화에 스며들어서 영물이 된 거래. 이후에 누군가를 강하게 그리워하는 사람과 주파수가 맞으면 울린다고 했어. 뭐, 나도 직접 보거나 들은 건 아니고 나중에 전해 들은 거지만. 어머니는 무당의 말을 철석같이 믿었다더라. 그때 내가 병원에 입원 중이었거든. 자식 걱정하는 어미의 마음을 전화기가 알아주어서 매일 그렇게 벨이 울린 거라나.〕

"병원? 너 어릴 때 어디 아팠어?"

〔어, 교통사고로 일주일간 의식 불명이었어. 야, 내가 의식이 돌아오지 않는 동안에 꿈을 꿨거든? 꿈속에서 어떤 애랑 연극을 하고 놀았다는 거 아니냐. 바닥에 성을 그려서 그럴싸하게 무대도 만들었어. 제대로 기억은 안 나지만 엄청 즐거웠어.〕

"연극? 바닥에 성?"

〔어, 소변량을 체크하러 올 때마다 웃는 것처럼 보였다고, 간호사가 어머니를 안심시켰다더라.〕

정지운은 어릴 적 상상 친구였던 서현이 떠올랐다. 파란 줄무늬 셔츠는 병원의 환자복과 비슷했다. 늘 슬리퍼만 신고 있었던 것도, 아이의 상상이라기엔 부자연스러웠다. 운동화라면 모를까. 말도 안 되는 추측인가 싶었지만 가슴이 두근거렸다.

〔여기서 알 수 있는 게 뭐냐! 내가 어릴 때부터 연극에 진심이었단 거지. 그리고 너는 이 공중전화를 울릴 정도로 나를 그리워하고, 맞지?〕

"맞아, 썩을 놈아."

〔그러니까 정지운, 넌 인기 배우가 되기 전에는 절대 이쪽으로 오면 안 돼.〕

박서현의 어투는 더없이 단호했다.

〔넌 대배우는 몰라도 적어도 인기 배우는 될 놈이야. 진짜야. 그러니까 인기 배우가 되어서, 내 극본으로 무대를 올려줘. 인기 배우의 티켓 파워를 받아서 비운의 천재 작가가 좀 되어보자.〕

"진지하게 실없는 소리를 하는 건 살아서나 죽어서나 여전하네."

정지운은 저도 모르게 피식 웃었다.

〔진짜야. 포기하기만 해봐. 저승에서 기어 올라갈 거다.〕

"귀신 되면 살아서 알던 사람들 다 잊어버린다고 하던데."

〔안 잊어버려. 말했잖아, 운명이라고.〕

운명. 장난스럽게만 들리던 단어가 정지운의 마음에 스며

들었다. 그게 뭐야, 하고 평소처럼 대답하려는데 스르륵 눈꺼풀이 감겼다. 저항할 수 없이 몰려오는 졸음에 정지운은 수화기를 손에 쥔 채 무너지듯 주저앉았다가 쓰러져 잠이 들었다.

* * *

없다. 공중전화가 감쪽같이 사라졌다.

잠에서 깬 정지운은 공중전화가 사라진 것을 보자마자 벌떡 몸을 일으켰다. 어제저녁 박서현과의 통화가 귓가에 생생했다. 정지운은 다급히 주변을 둘러보았다. 공중전화가 있으면 다시 이야기할 수 있을 터였다. 그러나 아무리 살펴봐도 전화기는 없었다. 정지운은 이유요가 묵는 방으로 향했다.

"저기, 공중전화!"

하지만 방은 텅 비어 있었다. 정지운은 허탈하게 뒤돌아섰다. 화장실이며 창고, 뒷마당까지 구석구석 살폈지만 공중전화도 이유요도 없었다.

"……꿈이었나?"

이유요가 찾아왔던 것도, 공중전화가 있었던 것도 모두 꿈은 아닐지 의심이 됐다. 이 집에 오고 매일 술을 마셨으니

헛것을 본 것일 수도 있었다. 정지운은 주방으로 가서 생수병을 확인했다. 지난밤에 물을 마신 것까지는 꿈이 아니었다. 그러나 그것이 박서현과의 통화가 꿈이 아니란 증거는 될 수 없었다.

정말로 꿈이었다면.

정지운은 싱크대 한쪽에 놓아둔 비닐봉지를 끌어당겨 매듭을 풀었다. 냄비에 카레를 봉투째 넣었다. 물을 채우고, 가스레인지의 불을 켰다. 물이 끓는 동안 정지운은 밀봉 팩에서 꺼낸 캡슐을 손바닥에 올린 채 가만히 서 있었다. 물이 끓어 넘치면서 냄비의 뚜껑이 들썩거렸다. 카레 봉투를 꺼내 모서리를 잘라 접시에 부었다. 카레 냄새가 주변을 가득 채웠다. 모든 것을 덮어버릴 수 있을 만큼 강렬한 냄새였다. 청산가리 캡슐을 섞어 비비면 죽음까지도 덮어줄 터였다. 손바닥 위의 캡슐이 피부를 파고들 듯 뜨겁게 느껴졌다.

정말로 꿈이었어도.

정지운은 캡슐을 다시 밀봉 팩에 넣어 쓰레기통에 버렸다. 카레 접시와 막걸릿병을 쟁반에 담아 마당으로 나가서 벚나무 아래 앉았다. 막걸리를 한 잔 따라서 꽃이 피지 않은 벚나무의 가지를 바라보며 천천히 마셨다. 가지가 바람에 흔들렸다. 정지운은 가지의 흔들림에 맞춰 가볍게 몸을 앞뒤로 움직였다. 이전에 감독님이 추천해주었던 오디션 날짜가 언제였는지를, 흔들리면서 떠올리려 애썼다.

박서현의 극본을 무대에 올릴 것이다. 이야기가 끊어지는 것이 죽음이라면, 이야기가 이어질 수 있도록 노력할 것이다. 무대 위에서는 영원히 함께일 수 있다.

"어…… 꽃 폈다."

흔들리던 가지 끝에 새하얀 꽃 한 송이가 피어나 있었다.

* * *

"다녀왔어. 할아버지."

이유요가 가게 안에 들어서자, 동이 반가운 듯 짖었다. 이유요는 한 손에 든 커다란 상자를 바닥에 내려놓았다. 상자 안에는 공중전화가 들어 있었다. 이유요는 공중전화를 선반 한쪽에 올려두고 다이얼을 어루만지다가 수화기를 들었다. 동이 낮게 목을 울렸다.

"괜찮아, 청소가 거의 된 거라서."

이유요가 수화기를 들고 천천히 다이얼을 돌렸다. 그러곤 작게 속삭였다.

"사부."

이유요가 상대를 부른 건 두 번까지였다. 마지막 한 번은 부르지 않은 채 수화기를 내려놓았다. 영원한 이별을 확인하게 될 수도 있다는 두려움이 대화하고 싶다는 열망을 눌렀다.

운명이란 대체 무엇이기에.

이유요는 가만히 눈을 감았다.

4

1950년대, 럭키 래빗스 풋

이것이 그토록 절박하게 외로워하지 않았다면.

동은 축 늘어지는 몸을 억지로 일으켰다. 이 몸은 너무 무겁고 쑤신다. 개의 나이로 13세, 인간의 나이로 환산하면 100세를 넘긴 노령이었다. 그 때문인지 의자에 뛰어올랐다가 내려올 때마다 무릎이 쑤셨다. 네발 달린 짐승의 몸은 인간의 것보다 덜 거추장스러울 줄 알았는데 딱히 그렇지도 않았다. 무엇보다 최악인 건 인간보다 미련도 적지 않다는 점이었다.

동이 지금의 몸(동물병원의 진단에 의하면 삽살개 믹스)에 들어온 것은 계획엔 없던 일이었다. 조금 더 젊고, 빠르고, 작은 몸을 고르려 했다. 예를 들면 날개 달린 것들. 인간은 애초에 후보에 없었다. 인간은 너무 난폭하고 크고 제멋대로였으니까.

동은 산의 정령이다.

산에서 굴러다니던 흙과 미생물, 아침 이슬을 먹고 태어나 저녁 달빛 속에서 생을 마감한 하루살이들의 기운이 뭉쳐져 어느 순간 새로운 존재가 되었다. 산의 주인은 정령을 심부름꾼으로 삼아 이름을 붙여주었다. 동은 그렇게 동이 되었다.

"호미가 아이 데려오는 걸 도와주러 가거라."

10여 년 전, 산의 주인이 내린 명이 동은 달갑지 않았다. 인간세계는 과거와 달리 너무 혼탁해져 그곳에선 기운을 유지하기가 통 쉽지 않았다. 더군다나 호미라니. 동은 호미가 달갑지 않았다. 인간 주제에 주인의 힘을 나누어 받다니. 산을 점점 황폐하게 만드는 인간들이 참 염치도 없지 싶었다. 그래도 명을 따르지 않을 수는 없었기에 시간이나 때우다가 오자 하는 마음으로 산을 떠났다.

고속도로 갓길에서 끈에 묶여 죽어가던 이 몸을 발견하지 않았다면.

이것이 그토록 외로워하지 않았다면.

그 외로움이 동을 불렀다. 길게 혀를 빼고 도로 갓길에 드러누워 있던 삽살개는 허덕거리면서도 옆으로 차가 지날 때마다 고개를 들고 주변을 살폈다. 동은 삽살개의 영혼이 완전히 이 세상을 떠날 때까지, 사흘간 그 옆에 머물렀다. 아무도 이 몸을 거두지 않았다. 매정하게 쌩쌩 달려 멀어지는 차들이 야속했다. 정이 든 몸이 흉하게 썩는 것이 싫어, 결국 삽살개의 몸에 깃들기로 했다. 깃들자마자 몸에 남아 있던 기억이 동에게 흘러 들어왔다. 한 남자가 어린아이와 삽살개를 승합차에 태워 와 이곳에 내팽개쳤다. 어린아이는 축 늘어져 제대로 몸을 가누지 못했다. 삽살개는 어린아이에게 딱 달라붙어 아이를 혀로 핥고 또 핥았다. 몇 번의 밤이 지나간 후 흰 차가 옆에 와 멈췄다. 거기서 내린 사람들이 허둥지둥 끈을 풀어 아이를 품에 안아 차에 실었다. 어이, 이 몸은? 동은 그렇게 소리치고 싶었다.

"할아버지, 이것 봐. 이번에 도착한 아이, 귀한 아이네."

이유요가 상자 안에서 꺼낸 것을 선반에 올려놓았다. 가죽 고리에 연결된 오링에 털 뭉치 세 개가 달려 있었다. 고리 한가운데에는 은으로 만든 달 모양 장식이 반짝거렸다.

"1950년대에 만들어진 물건 같아. 토끼 발로 만든 럭키 참. 청소를 요청한 사람은 미국 골동품 시장에서 샀다고 하네. 참, 겁도 없지. 이런 걸 막 사고."

선반에 놓인 토끼 발에서는 강한 원념이 느껴졌다. 흉하다. 저것은 흉한 물건이다. 동의 본능이 경고음을 울렸다.

호랑점, 동은 이 공간이 싫다.

이곳에서 청소되고 있는 물건들은 너무 강했다. 원이든 한이든 미련이든, 강한 감정들은 좀처럼 사라지지 않고 일렁거렸다. 정령은 본래 다양한 기가 모인 존재인지라, 그 강한 감정들에 뒤섞일 것만 같은 위기감에 온몸의 신경이 곤두서곤 했다. 그때마다 떠나고 싶었지만 그럴 수 없는 건 이 몸의 기억이 너무 강한 탓이었다. 그뿐이었다.

10여 년 전에 동은 전대(前代) 호미를 도와 이유요를 안개 속에서 데리고 왔다. 사부라고 불리던 그는 호미 중에서도 꽤 강한 힘을 지녔으나 안개 속으로 들어가는 방법을 몰라서 산의 주인에게 도움을 청했다.

임무는 오래전에 끝났다. 언제든 돌아가도 상관없었다.

"할아버지, 저녁 먹자."

그런데도 돌아가지 못하고 있는 건 이 몸의 기억 때문이었다. 이 몸에 새겨진 외로움이, 이유요가 품고 있는 것과 너무나 비슷해서 도저히 곁을 떠날 수 없었다. 이젠 기억이 이 몸의 것인지 동의 것인지 분간조차 되지 않았다. 이대로 있다가는 완전히 동화되어 소멸하게 될지도 몰랐다. 그러니 떠나야지, 떠나야 하고말고.

그렇지만 오늘도 동은 호랑점을 떠나지 못하고 있었다.

* * *

"구독자가 늘지를 않아."

문정열이 모니터를 들여다보다가 짜증을 냈다. 동아리방 탁자에 앉아 밥을 먹던 심길용과 권병욱은 동시에 문정열의 눈치를 봤다. 같은 대학교에 재학 중인 세 사람은 동영상 채널 '다크 빔'을 운영하고 있었다. 괴담을 낭독하거나 호러 영화 리뷰를 주로 올렸다. 현재 구독자 수는 4500여 명. 목표인 만 명까지는 갈 길이 멀었지만 지금까지 운영한 여러 채널 중 천 명을 넘긴 것은 처음이라 이 채널을 꾸준히 키워보기로 의견을 모았다. 다크 빔 이전에 운영했던 훈남 대학생 일상 채널, 요리 채널, 반려동물 채널은 모두 구독자 수 500명을 넘기지 못해 두어 달 만에 폐쇄했다.

"역시 콘텐츠가 약해. 야, 안 되겠다."

문정열이 두 사람을 향해 뒤돌아 앉았다. 팀의 리더이자 기획을 담당하는 문정열은 대학교 신입생 환영회 술자리에서 체육학과 선배 두 명과 시비가 붙어서 이긴 후 과의 유명인이 되었다. 촐랑거리는 성격 탓에 선배들에게 미운털이 박힌 권병욱이 재빨리 문정열에게 달라붙었다. 두 사람은 고생은 덜하고 돈은 많이 벌고 싶다는 공통의 욕망이 있었기에 급속도로 친해졌다. 머리를 맞대고 고민하던 두 사람은 동영상 채널을 만들기로 의기투합했다. 동영상 한두 개만 터지면 금세 인기 채널이 되어 돈을 쓸어 담을 수 있을 것만 같았다. 그러나 둘 중 누구도 편집을 할 줄 몰랐다. 문정열은 고등학교 동창이던 심길용이 동영상 편집을 잘해서 상까지 받았던 걸 떠올렸고, 그에게 연락했다. 심길용은 울며 겨자 먹기로 팀에 합류했다. 채널이 망할 때마다 문정열은 자신의 기획이 좋았는데 심길용의 편집이 형편없어서 조회 수가 나오지 않는다고 구박했다.

"우리도 하자. 심령 스폿 촬영."

"심령 스폿? 그거 이미 '채널A'가 꽉 잡고 있잖아."

"내 말이!"

문정열이 주먹으로 책상을 쾅, 하고 내리치자 심길용의 어깨가 반사적으로 움츠러들었다.

"그 채널이 우리보다 나은 게 뭐가 있어? 비명만 질러대지. 그러니까 우리가 흥미를 확 끌 만한 장소를 찾아서 그럴싸한 영상을 만들면, 그쪽 구독자를 다 끌어올 수 있을 거야."

"심령 스폿 촬영이면 적외선카메라 같은 것도 사야 하잖

아. 우리 돈 없어. 그나마 학기 초에 동아리비 지원받은 거, 이전에 반려동물 채널 할 때 토끼랑 사육장 같은 거 산다고 다 날렸잖아."

권병욱이 심드렁하게 반응하자 문정열이 다시 한번 책상을 내리쳤다.

"그 망할 토끼 새끼들, 전선이고 바닥이고 다 갉아 먹었지. 똥은 미친 듯이 쌌고, 개처럼 사람을 잘 따르지도 않았어. 돌보느라 죽겠는데 조회 수까지 잘 안 나오고, 완전히 판단 미스였어."

"몸집이 작을 때는 조회 수 좀 나왔는데."

"그렇게 빨리 클 줄 몰랐지. 한 일주일 만에 쑥 크더라."

"토끼 판 새끼가 장난친 것 같아. 처음엔 드워프가 제일 인기 많다고 해서 데려왔더니, 그 뒤엔 롭이어가 귀여워서 여자들이 좋아한다고 입 털었잖아. 그 새끼 언변에 당해서 두 마리나 사느라 거지 됐어."

문정열과 권병욱이 침을 튀기며 한 달 전에 폐쇄한 반려동물 채널에 대해 불평하는 동안, 심길용은 삼각김밥만 우물거렸다. 한 입 베어 물자 김과 함께 가운데에 든 참치가 쑥 딸려 올라왔다. 밥 한가운데가 움푹 파인 모양을 보니 그 구멍이 떠올랐다.

산 중턱에 팠던 구멍이었다.

한 달 전, 반려동물 채널을 폐쇄하기로 했을 때 세 사람은 크게 말다툼을 벌였다. 토끼를 어떻게 할 것인지에 대해 의견이 갈렸다. 심길용은 새 주인을 찾아주자고 했고, 권병욱은 공원에 내버리자고 했다. 문정열은 파묻어야 한다고 했다. "파묻는다고?" 심길용이 놀라서 되묻자 문정열은 강경하게 주장했다. "파묻어야지. 채널에서 토끼를 본 사람들이 새 주인을 찾는 공고를 알아보거나 공원에 내버린 토끼를 발견하면 어쩔 건데? 토끼들이 스트레스를 받는다는 핑계로 채널을 닫았는데 들키면 난리 나. 묻어버리자. 인근 산에 가서 구덩이를 파고 던져버리면 돼. 그럼 나중에 발견되어도 들개가 한 짓이라 여길 거야."

결국 그날 밤 산에 가서 구덩이를 팠다. 산기슭을 걸어 올라가는 동안 케이지를 든 것은 심길용이었다. 토끼를 주로 돌본 것이 그였기 때문이다. 케이지의 묵직한 무게감과 그 속에서 덜컹거리는 움직임이 느껴질 때마다 심길용의 손이 덜덜 떨렸다. 구멍을 파는 데는 30여 분밖에 걸리지 않았다. 케이지에서 토끼를 꺼내 품에 안고 구멍을 내려다봤다. 구멍은 너무 깊었고 토끼는 너무 작았다. "뭐 해. 빨리 던져." 문정열이 심길용의 품에서 토끼를 빼앗아 던졌다. 심길용의 손에 삽을 쥐여주며 빨리 흙으로 덮으라고 재촉했다. 구멍을 메우는 동안 심길용은 애써 아래를 보지 않았다.

"일단은 적외선카메라가 없어도 찍을 수 있는 곳으로 하자. 채널A에서 다루지 않은 곳으로. 야, 심길용."

심길용이 대답 없이 멍하니 삼각김밥만 씹자 문정열이 그의 뒤통수를 세게 후려갈겼다. 심길용은 콜록거리며 몸을 앞으로 숙였다.

"하여간 이 새끼는 처먹는 것 말곤 할 줄 아는 게 없어."

문정열은 연거푸 심길용의 머리를 내리쳤다. 심길용은 두 손으로 머리를 감싸는 시늉을 했다. 과장되게 아픈 척을 해야 덜 맞는다는 걸 알기에 습관처럼 나온 행동이었다.

"야, 이건 어때? 골동품 시장 안에 새벽에만 문을 여는 가게가 있대. SNS에서 잠깐 화제가 되었던 모양이야."

문정열과 심길용은 권병욱이 내민 휴대전화 화면을 들여다봤다. 색색의 텔레비전이 쌓인 골목과 그 사이의 좁은 길, 그리고 한옥을 찍은 사진들이 올라와 있었다.

"어, 여기…… 이유요, 걔네 가게 아니야?"

심길용의 머릿속에 무표정한 얼굴이 떠올랐다. 어떤 괴롭힘을 당해도 별반 반응이 없던 아이. 고등학교 시절 심길용은 그 덤덤함이 부러웠다.

"이유요? 걔가 누군데?"

"문정열, 너도 기억날걸. 귀신 본다는 소문이 돌던 애 있잖아. 오컬트 좋아하는 애들이 소문을 확인한다고 뒤를 밟은 적도 있는데 걔들이 이유요 집이라고 사진을 찍어 왔던 게 여기였어. 그 뒤로 난리가 났잖아. 저 가게에서 몰래 장갑을 들고 나온 애가 교통사고를 당했는데, 장갑을 끼고 있던 손목만 잘려 나가고 다른 데는 멀쩡해서 이유요가 저주를 걸었다는 소문이 돌았지. 몇몇 애는 이유요한테 쓰레기를 던지면서 괴물은 꺼지라고 소리 지르고 그랬어."

심길용은 곁눈질로 문정열의 표정을 살폈다. 문정열도 이유요를 괴롭혔던 애들 중 한 명이었다. 문정열이 이유요의 발을 걸어 넘어뜨리는 장면을 목격하기도 했었다. 넘어진 이유요에게 귀신이 조심하라고 미리 알려주지 않았느냐며 이죽거리던 문정열과, 그런 문정열을 가만히 응시하던 이유요, 뭘 보느냐고 낄낄 웃던 문정열의 표정에서 웃음기가 점점 사라졌던 것까지. 그때 학교 복도에 서 있던 모두가 심길용과 같은 생각을 했을 것이다. 문정열이 졌다, 라고.

"아, 이유요. 그 건방진 자식."

미간을 찌푸렸던 문정열이 갑자기 피식 웃었다.

"여기 찍자. 생각해보니까 딱이네. 저주받은 가게! 잘린 손목의 비밀! 이런 타이틀을 달고, 심길용 네가 고등학교 동창으로 출연해서 증언하면 되겠네. 야, 이거 떡상의 감이 온다."

"나는 그 소문 안 믿었어."

"그게 뭐가 중요해? 리얼리티가 중요하지."

"그랬다가 또 이상한 소문이라도 나면…… 이유요가 피해를 볼 지도 모르잖아. 사람들이 막 찾아가거나……."

문정열이 또다시 심길용의 뒤통수를 내리쳤다.

"정신 차려. 어? 그런 거 일일이 따지면 무슨 영상을 만들어? 하여간 한심한 자식."

한심하다. 정말로 한심할 뿐이다. 심길용은 얼얼한 뒤통수를 어루만지며 튀어나오려는 말을 꿀꺽 삼켰다.

"그러면 내일 밤 10시에 시장 입구에서 만나자. 가게 오픈 전에 몰래 문을 따고 들어가서 내부를 좀 음산한 분위기로 찍으면 괜찮을 것 같은데."

"좋네. 보니까 CCTV도 없을 것 같아. 선반에서 뭐가 떨어진 척하면서 쇼 좀 해야겠다. 내가 한 연기하잖아."

문정열과 권병욱이 신이 나서 촬영 계획을 세우는 동안 심길용은 꿔다 놓은 보릿자루처럼 앉아 있었다. 그러다 슬그머니 몸을 일으켰다.

"나 저녁 아르바이트 있어서 먼저 갈게."

"어, 그래. 내일 밤 10시, 잊지 마라. 안 나오면 알지?"

심길용은 힘없는 발걸음으로 학교를 빠져나왔다. 자취 중인 원룸에 도착하자 건물 현관에 종이를 붙이고 있던 주인이 심길용에게 알은척했다.

"203호 학생이지? 학생은 뭐, 개 같은 거 몰래 기르고 그러지 않지?"

집주인이 붙인 종이에 '반려동물 금지'라고 쓰여 있었다.

"글쎄, 4층 아저씨가 몰래 개를 기르고 있었지 뭐야. 밤마다 개 짖는 소리가 시끄럽다는 항의가 어찌나 들어왔는지, 잡아내느라 혼났어. 그런데 그 아저씨, 뻔뻔하게 뭐라는지 알아? 자기 집에서 자기 개 기르는 게 뭐가 문제냐고 우기는 거 있지. 나 참, 계약할 때 내가 분명 반려동물 금지라고 한 거 학생도 기억하지? 혹시라도 그러면 안 돼. 알았지?"

"그럼요. 학교에 아르바이트에 바빠죽겠는데 개를 어떻게 기르겠어요. 절대 그런 일 없으니 걱정 마세요."

그 후로도 집주인의 푸념에 한참이나 시달린 심길용은 집에 들어가자마자 쓰러지듯 드러누워 눈을 감았다.

"한심해."

삼켰던 진심이 흘러나왔다. 일확천금을 꿈꾸는 문정열과 권병욱도, 문정열에게 꼼짝하지 못하고 끌려다니는 자신도,

집주인에게 혹여 걸릴까 조마조마해하며 눈치를 보는 것까지 모든 게 한심하게 느껴졌다. 긴 한숨을 내쉬는데, 따뜻하고 부드러운 촉감이 뺨에 와 닿았다.

"알았어. 밥 달라는 거지?"

심길용은 고개를 돌려 옆을 봤다. 귀가 아래로 처진 토끼가 심길용의 뺨을 다시 한번 핥았다. 심길용이 몸을 일으켜 앉자 토끼는 심길용에게 몸을 찰싹 붙였다. 그 체온에, 심길용은 미소를 지었다. 눈치 좀 보면 어떤가. 역시 데려오길 잘했지 싶었다.

구멍을 팠던 그날 밤.

친구들과 함께 산을 내려가던 심길용은 갑자기 배가 아프다며 두 사람에게 먼저 가라고 했다. "하여간 더러운 자식." "우리끼리 택시 타고 갈 테니까 알아서 와라." 문정열과 권병욱은 별다른 의심을 하지 않고 멀어졌다. 심길용은 수풀 뒤에 쪼그려 앉아 있다가 두 사람이 멀어지자마자 구멍을 메웠던 곳으로 달려갔다. 미친 듯이 땅을 팠다. 땀을 뻘뻘 흘리면서 제발 살아 있으라고 중얼거렸다. 토끼들을 그곳에 두고 도저히 갈 수 없었다. 먹이를 줄 때마다 코를 찡긋거리며 손등 냄새를 맡던 녀석들. 토끼 두 마리는 문정열과 권병욱에겐 쉬이 곁을 내주지 않았지만 심길용은 잘 따랐다. 자기들을 보살펴주는 것이 누구인지 아는 듯해서 신기하고 기특했다. 심길용은 가끔 문정열 몰래 간식을 사 와서 주기도 했고, 롭이어 토끼가 먹은 것을 게위내며 괴로워할 때는 동물병원에 데려가기도 했다. 그때 처음으로 래빗 키스를 받았다. 그 작은 것이 고맙다는 의미로 자신을 핥아주었는데, 그걸 파묻어버리다니. "미안해. 진짜 미안해." 구멍을 파면서 심길용은 꺼이꺼이 울었다. 파묻혔던 토끼 두 마리 중 한 마리가 이미 죽은 것을 확인하곤 더 크게 울었다. 숨이 붙어 있던 롭이어를 옷으로 감싸 안고 산을 내려오면서도 울고, 동물병원에서도 계속 울었다. 다행히 롭이어는 무사히 건강을 회복했다. 심길용은 롭이어를 집으로 데려와 '롭'이라고 이름을 붙였다.

문정열이 이 사실을 알면 어떻게 될까.

롭을 돌보다 보면 가끔 그런 불안이 들었다. 문정열이라면 당장 롭을 다시 파묻으라고 길길이 날뛸 게 분명했다. 그러면 문정열에게 맞설 수 있을까? 몇 번이고 자문했지만 쉽사리 답이 나오질 않았다. 심길용은 롭의 머리를 쓰다듬었다.

"나 어릴 때 엄마가 아빠한테 맞으면서도 도망가지 않는 게 답답했거든. 그런데 내가 딱 그 꼴이네."

이 푹신하고 작은 털 뭉치를 지키기 위해서는 무엇이든 할 수 있을 것만 같았다. 그러나 문정열이 목소리를 깔고 야,

라고 부르면 고등학교 때처럼 시키는 대로 해야 할 것 같은 압박감을 느꼈다. 폭력의 기억 때문이었다.

"그래도 너 하나는 꼭 지킬게. 롭아."

롭은 심길용의 말을 알아듣기라도 한 듯 몸을 더욱 바짝 붙여왔다.

* * *

골목은 남자 셋이 한꺼번에 들어가기엔 턱없이 좁았다. 덩치 큰 문정열은 거의 몸을 구겨 넣어야 했다.

"뭐 이만 데 가게가 있냐."

호랑점 앞에 도착한 문정열이 옷에 묻은 먼지를 털며 투덜거렸다. 권병욱이 반쯤 닫힌 셔터 아래로 가게 안을 살피다가 손으로 셔터를 잡고 흔들었다.

"여기 문 안 잠겨 있는데? 자물쇠 딸 필요도 없겠네."

"뭐지? 혹시 폐업했나?"

"들어가보면 알겠지. 폐업한 거면 오히려 찍기 쉽겠네."

문정열이 앞으로 나서서 셔터를 밀어 올리고 문을 열었다. 권병욱이 뒤를 따랐고 심길용은 휴대전화 카메라로 촬영하며 가장 마지막에 들어갔다. "자. 소문의 그 가게! 과연 안에 무엇이 있을지 기대가 됩니다." 권병욱이 카메라를 보며 멘트를 했다. 권병욱은 돈도 돈이지만 인기를 얻고 싶어 했다.

가게 안은 골목의 밤이 끌려 들어온 듯 고요한 어둠만 들어차 있었다. 권병욱이 휴대전화 플래시를 켜서 주변을 비추었다.

"골동품점인가 봅니다. 별게 다 있네요."

심길용은 멘트를 하는 권병욱을 따라 가게 안을 카메라에 담았다. 공중에 매달린 커다란 인형에 플래시의 빛이 닿자 스산한 분위기가 물씬 풍겼다.

"이건 뭐지?"

문정열이 선반 위에 놓인 물건을 집어 드는데, 갑자기 위쪽에서 어스름한 빛이 쏟아졌다.

"누구십니까?"

허스키한 목소리에 세 사람은 서로를 바라보았다. 2층을 향해 카메라를 돌리려던 심길용은 무언가가 계단을 빠르게 뛰어 내려오는 것을 보았다. 붉게 빛나는 눈동자도, 그 속도도 도저히 인간의 것이 아니었다.

"뛰, 뛰어! 나가자!"

심길용은 얼떨결에 소리를 지르곤 가게 밖으로 뛰쳐나갔다. 허겁지겁 골목을 빠져나가 숨을 돌리던 심길용의 등에

4. 1950년대, 럭키 래빗스 풋

강한 충격이 전해졌다. 심길용은 앞으로 고꾸라져 바닥을 굴렀다.

"이 새끼야! 멋대로 도망치면 어떻게 해?"

문정열의 발이 쓰러진 심길용의 몸을 연거푸 내리찍었다.

"거기서 이유요 얼굴이 나오게 찍어야 할 거 아냐! 그랬으면 씨발, 영상 퍼지면 귀신 붙은 놈이라고 이 시장 사람들이 식겁을 했을 텐데. 채널은 유명해지고 그 새끼 엿도 먹이고, 일석이조의 기회를 너 때문에 놓쳤어!"

"이, 이유요가 아닐 수도 있잖아."

문정열의 발길질이 멈췄다. 다시 걷어차기 전에 심길용은 황급히 몸을 일으켜 세웠다.

"불법 침입으로 신고라도 당하면 어쩔 건데?"

"어쩌긴, 영업 중인 줄 알고 들어갔다고 하면 돼. 경찰서에 가도 벌금 좀 내면 그만이야."

문정열이 손마디를 꺾으며 심길용에게 한 걸음 다가왔다.

"벌금이든 뭐든, 경찰서에 간 거 알려지면 나중에 인기 채널 되고 문제될 수도 있잖아."

얻어맞을지도 모른다는 공포에 심길용은 양팔을 들어 얼굴을 방어하며 급하게 주절거렸다. 문정열이 걸음을 멈췄다.

"일리 있네. 심길용, 너 같은 돌대가리가 웬일로 거기까지 생각했냐. 그러면 오늘은 여기까지 하고…… 야, 뭘 찍긴 찍었어?"

"어? 어."

"그거 가지고 샘플 만들어 와. 내일모레까지."

고작 10여 분 찍은 걸로 무슨 편집을 하느냐고 말하고 싶었지만, 그런 말을 했다가는 주먹이 날아올 게 뻔했다. 심길용은 억지웃음을 지었다.

"재촬영은 할 거야?"

그때까지 가만히 있던 권병욱이 불쑥 끼어들었다.

"해야지. 저 새끼가 샘플 편집한 거 보면 어떻게 찍어야 할지 좀 더 감이 올 거야. 보자, 그럼 나흘 후가 좋겠네. 금요일 저녁에 여기서 다시 만나자. 시간은 똑같이 10시."

"근데 문정열, 너 그거 가게에서 가지고 나온 거냐?"

권병욱이 문정열의 바지 주머니를 가리켰다. 주머니 밖으로 무언가 삐져나와 있었다.

"어, 가게 선반에 놓여 있던 거, 저 새끼가 갑자기 뛰니까 놀라서 들고 나왔어. 뭐야, 열쇠고리네."

문정열이 주머니 안의 물건을 꺼냈다. 가죽 고리 아래 길게 늘어진 털 뭉치 세 개가 춤추듯 허공에서 빙글빙글 돌았다. 문중열은 고리에서 오링을 하나씩 뺀 다음 두 사람에게 내밀었다.

"하나씩 받아라. 오늘의 전리품."

두 사람 중 누구도 손을 내밀지 않자 문정열이 위협적으로 눈을 부라렸다.

"안 받아? 왜? 내가 이거 훔쳤다고 신고라도 하게?"

"에이, 그럴 리가. 야, 이거 완전 멋있네."

권병욱이 호들갑을 떨며 털 뭉치를 건네받았다. 심길용도 내키지 않는 티를 숨기며 그걸 주머니에 넣었다. 시장을 나와 헤어지기 직전, 문정열이 심길용의 어깨에 팔을 걸치고는 체중을 실었다.

"내일모레까지 샘플, 늦지 마."

집으로 오는 길에 심길용은 가게에서 본 것을 곰곰이 떠올렸다. 이유요였을까? 목소리가 비슷했던 것 같았다. 그런데 그건 뭐였을까. 달려오던 거. 개인가? 가게에서 기르기에는 크지 않았나? 문정열에게 맞서지 못한 자신의 한심함을 지워내려면 무슨 생각이든 해야만 했다.

"나 왔어, 롭."

심길용은 집에 들어가자마자 롭을 찾았다. 롭의 부드러운 털을 쓰다듬으면 엉망이던 하루의 끝이 조금은 괜찮아질 것 같았다. 그러나 심길용이 아무리 불러도 롭은 케이지 안쪽에 틀어박혀 나오지를 않았다. 코를 킁킁거리며 주변을 두리번거리는 롭의 모습에, 심길용은 케이지 위에 이불을 덮어 어둡게 해주었다. 이렇게 하면 토끼의 불안이 줄어든다고 인터넷의 토끼 양육 커뮤니티에서 배웠다.

"롭아, 너도 안 좋은 일은 다 기억하니?"

그 구멍 안에서 롭은 무엇을 봤을까. 무슨 생각을 했을까. 옷을 벗어 던지고 침대에 드러누운 심길용의 눈꺼풀이 무겁게 감겼다. 나도 구멍에 빠진 것 같아, 롭아. 당연히 대답은 없었고 심길용은 곧 깊은 잠에 빠졌다.

심길용은 꿈을 꿨다. 아버지가 손에 칼을 쥐고 어머니에게 다가갔다. 안 돼! 달려가서 아버지의 손에서 칼을 빼앗고 싶었지만 몸을 움직일 수 없었다. 아버지가 스르륵 문정열의 모습으로 바뀌었다. 문정열이 주먹을 휘두르고 있는 상대는 심길용, 자신이었다. 문정열이 쓰러진 심길용의 품 안에서 롭을 빼앗았다. 안 돼! 안 된다고! 역시나 꼼짝할 수 없었다. 그런 심길용의 눈에, 바닥에 떨어져 있는 털 뭉치가 보였다. 문정열이 억지로 쥐여준 것이었다. 털 뭉치는 은은한 빛을 뿜어내고 있었다. 대보름날 휘영청 뜬 달이 뿜어내는 그런 빛이었다. 심길용은 그 빛에 넋을 빼앗겼다. 소원을 이루어준다는 보름달처럼, 저 털 뭉치가 무엇이든 이루어줄 것만 같았다. 손가락 끝이 달싹 움직였다. 잘 움직이지 않는 팔을 있는 힘껏 뻗어 털 뭉치를 움켜쥐었다.

축축했다.

갑자기 코끝에서 느껴지는 축축함에 심길용은 눈을 번쩍 떴다. 롭이 가슴팍에 앉아 있었다.

"너 케이지에서 어떻게 나왔어?"

롭은 다시 한번 심길용의 코끝을 핥을 뿐이었다. 심길용은 케이지 쪽을 바라봤다. 문이 열려 있었다. 잠들기 전에 잠그는 걸 깜빡한 모양이었다.

"정신 차려야겠다. 그치?"

잠결에 몸을 뒤척이기라도 했다면 롭을 깔아뭉갰을 수도 있었다. 심길용은 비척비척 몸을 일으켜 롭을 케이지 안에 넣고 다시 침대에 누웠다. 가위에 눌렸던 것 같았다. 하지만 무슨 꿈을 꿨는지 통 기억나지 않았다.

* * *

— 샘플 편집 중인데 섬네일에 쓰게 사진 좀 보내줘.

— 둘 다 사진 보내라고.

— 섬네일에 무조건 너희 둘 얼굴 박으라며. 사진이 있어

야 박지.

― 야, 문정열. 권병욱. 연락 좀 받아!

심길용은 신경질적으로 키보드를 내리쳤다. 모니터에는 편집 프로그램이 켜진 채였다. 종일 아이디어를 쥐어짜서 간신히 샘플 영상을 만들었고 이제 섬네일만 입히면 되는데 두 사람이 감감무소식이었다. 말이 좋아서 공동 채널이지, 일은 내가 다 하는데. 심길용은 짜증스럽게 시계를 봤다. 오후 6시, 슬슬 아르바이트를 하러 가야 했다.

― 5분 내로 답 안 주면 이전 사진 대충 쓴다.

심길용이 단체 채팅방에 다시 메시지를 전송하자마자 권병욱에게 전화가 걸려왔다.

〔야, 잠깐만 기다려. 섬네일에 내 사진 넣지 마.〕

"뭐? 왜?"

수화기 건너편에서 권병욱의 목소리는 잔뜩 들떠 있었다.

〔강의 들으려고 학교 인문관 쪽으로 가는데 카메라가 잔뜩 있는 거야. 뭘 촬영하나 싶어서 구경 갔는데 그거더라고! 〈별길별인〉! 너도 알지? 요즘 공중파에서 시청률 나오는 유일한 예능 프로그램이잖아. 구경꾼들 사이에 끼어서 기웃거리는데 갑자기 피디가 나한테 출연해줄 수 있겠느냐고 묻더라고. 그때 진짜 심장 터지는 줄 알았어. 내가 영화배우 김창

4. 1950년대, 럭키 래빗스 풋

희랑 마주 보고 끝말잇기를 했다는 거 아니냐!〕

"그래서 너 지금 어딘데?"

〔방송국에서 막 나왔어. 내가 끝말잇기를 기똥차게 잘해서 스튜디오 촬영까지 갔다 이거지. 야, 예능 촬영 별거 아니더라. 촬영 중에는 휴대전화 확인을 못 해서 단체 채팅방을 늦게 봤다.〕

"섬네일은? 왜 사진을 넣지 말라는 건데?"

〔이거 방송 나가면 날 알아보는 사람도 생길 텐데, 그런 삼류 영상 섬네일에 얼굴 박히는 건 좀 쪽팔리잖아. 채널A처럼 구독자라도 많으면 모를까.〕

"문정열한테 말했어? 섬네일에서 빠진다고?"

〔뭐…… 그런 걸 일일이 다 말해.〕

들뜬 목소리가 슬그머니 꺾였다.

"문정열도 연락이 안 되더라. 알았어, 너 뺄게. 문정열한테 네가 알아서 설명해라."

〔문정열은 강원도에 갔어.〕

"강원도?"

〔어, 아는 선배가 카지노에 데려가준다고 했대. 돌리느라 정신없을걸.〕

통화를 끝내고, 심길용은 휴대전화를 침대 위로 던졌다.

계속 이따위로 이용당하며 살고 싶진 않았다. 하지만 깊은 구멍에 빠진 듯 도저히 빠져나갈 방법을 알 수가 없었다.

고등학교를 졸업했을 때, 심길용은 무엇보다 문정열의 폭력에서 벗어난 것이 기뻤다. 문정열이 자신과 같은 대학에 진학한 것도 몰랐고, 다시 연락을 하리란 사실은 꿈에도 몰랐다. 이대로라면 대학을 졸업해도, 이사를 가도, 취직을 해도 문정열이 파놓은 구멍에서 허우적거릴 것만 같았다.

"문정열이 사라지면 좋을 텐데."

심길용은 혼잣말을 중얼거렸다. 순간 바닥에 널브러진 바지의 주머니에서 무언가 반짝 빛난 것이나 롭이 그 빛을 보며 등의 털을 곧추세운 것은 알지 못했다.

* * *

필수 교양 수업인 영어 청취의 좋은 점이라곤 졸아도 눈치를 주지 않는다는 점뿐이었다. 심길용은 교수님이 강의실을 나가자마자 풀썩 엎드렸다. 결국 이틀이 지나도록 문정열에게 연락은 오지 않았다. 그렇다고 문정열의 허락 없이 섬네일을 만들었다가는 얻어맞을까 봐 이러지도 저러지도 못하고 밤만 샜다.

"심길용, 너 이거 떨어트렸다."

심길용의 의자 뒤로 지나가던 선배가 바닥에서 주운 것을 내밀었다. 바지 주머니에 넣어두고 까맣게 잊어버렸던 털 뭉치였다.

"요즘도 그런 걸 파네. 나 어렸을 때 삼촌이 미국 여행에 다녀와서 그거랑 비슷한 걸 줬었는데. 어린 마음에 무섭다고 울었지."

"선배, 이거 뭔지 알아요?"

"토끼 발이잖아."

"토끼 발? 그 깡충깡충 토끼요?"

털 뭉치를 받아 주머니에 넣던 심길용이 뜨악하여 되물었다.

"몰라? 외국에선 꽤 유명해. 토끼 발 부적. 그걸 가지고 있으면 행운이 온다나. 근데 아마 가짜겠지. 진짜는 구하기도 힘들고 비싸다더라."

선배가 강의실을 나가고, 심길용은 인터넷에 '토끼 발 부적'을 검색해보았다.

"와, 진짜네. 이거랑 똑같이 생겼어. 토끼 발 부적, 처음에는 행운을 가져다주지만 행운의 자격이 없는 자가 소유하면 일주일 안에 불행을 가져온다. 부적을 만드는 전통적인 방법은 이렇다. 보름달이 뜬 금요일 밤, 무덤 근처에서 은 탄환을 쏴서 잡은 토끼의 왼쪽 뒷발만을 사용한다. 중요한 건 토끼가 살아 있을 때 발을 자르는 것이다……. 으악, 미친 거 아냐? 완전 동물 학대잖아. 아니, 동물 학대고 뭐고 이게 제정신으로 할 짓이야?"

심길용은 질색하며 화면을 껐다. 강의실을 나온 심길용은 동아리방으로 향했다. 문정열은 평소 동아리방을 자취방처럼 쓰곤 했으니 그곳에 있으면 언젠가는 오겠지 싶었다. 문정열을 피하고 싶은데 찾아 나서야 하는 현실에 한숨이 나왔다. 하지만 동아리방에는 아무도 없었다. 담배나 라면 냄새도 나지 않는 걸 보면 종일 누구도 오지 않았던 듯했다.

카지노에서 차비까지 탈탈 털리기라도 한 건가. 심길용이 동아리방 탁자에 가방을 내려놓았을 때였다. 문이 부서질 듯 요란하게 열리는가 싶더니, 권병욱이 뛰어 들어왔다.

"야! 나 앞으로 채널에서 빠진다. 아니지, 아예 팀에서 빠질게. 아웃! 날 잊어줘!"

"뭔 말이야, 갑자기."

"지금 연락받았어, 지금!"

권병욱의 얼굴이 땀으로 번들거렸다.

"예능 촬영한 게 마음에 들었다고 소속사에서 오디션을

보러 오래. 진짜야! 내가 사기일까 싶어서 몇 번이고 확인했어. 나 영화배우 김창희랑 같은 소속사 된다고!"

권병욱이 심길용에게 얼굴을 바짝 들이밀었다.

"그 가게에서 가지고 나온 거 말이야. 토끼 발."

더운 입김에 심길용은 미간을 찌푸렸다.

"그게 진짜 특별한 힘을 가진 것 같아."

"무슨 헛소리야?"

심길용은 권병욱을 밀어냈다. 그제야 권병욱을 제대로 본 심길용은 흠칫 놀랐다. 권병욱의 눈이 새빨갰다. 동공을 제외한 흰자 부분에 온통 붉은 실핏줄이 서서 금방이라도 터질 것 같았다.

"야, 너 눈……."

"진짜야. 그걸 집에 가지고 온 날, 이상한 꿈을 꿨어. 털뭉치가 막 빛나면서 나한테 행운이 필요하냐고 묻는 거야. 당연히 필요하다고 했지. 그랬더니 다음 날부터 이상하게 운이 좋더라. 버스가 내 앞에서 딱 멈추고, 강의에 지각했는데 교수님이 더 늦게 오고, 5만 원짜리가 두툼하게 든 봉투도 주웠어. 방송국 사람들을 학교에서 만난 것도 그래. 피디님 말이, 원래는 다른 곳에서 촬영할 예정이었는데 섭외해놓은 곳에서 갑자기 안 된다고 해서 바꾼 거래. 그야말로 행운, 나를 위한 행운!"

권병욱이 재킷 주머니에서 토끼 발을 꺼내 사랑스럽다는 듯이 쓰다듬었다.

"난 이제 이거 없으면 안 돼."

다시 그 가게에 갔다가는 토끼 발을 돌려달라고 할지도 모르니 절대 가지 않겠다고 선언한 뒤 권병욱은 동아리방을 나갔다. 심길용은 자기 바지 주머니에 든 토끼 발을 슬쩍 어루만졌다. 하지만 곧 주머니에서 손을 뺐다. 권병욱의 말이 사실이라면 똑같은 걸 가진 자신에게도 좋은 일이 일어나야 하는데, 이제까지 아무 일도 없었다.

결국 해가 질 때까지 문정열은 오지 않았다. 심길용은 혼잣말로 온갖 욕을 퍼붓고는 아르바이트를 하러 갔다.

권병욱의 사고 소식을 전해 들은 건 아르바이트가 끝난 직후였다. 휴대전화를 보니 부재중 전화 기록이 열 개 넘게 있었다. 발신인은 모두 권병욱이었다. 혹시 문정열에게 팀을 나가겠다고 했다가 얻어맞기로 했나 싶어 심길용은 통화 버튼을 눌렀다.

"왜 전화했어? 뭔데?"

〔심길용 학생 맞지? 우리 애랑 같은 동아리.〕

"어, 저기…… 누구세요?"

4. 1950년대, 럭키 래빗스 풋

수화기 너머에서 낯선 여자의 목소리가 흘러나왔다.

〔병욱이 엄마야. 오늘 병욱이가 교통사고를 당했거든. 아니, 운전자 말이 애가 갑자기 옷을 벗어 던지고 차에 뛰어들었다는데 말이 되니? 그래서 내가 뭐 좀 긴하게 물어보려고.〕

빠르게 쏟아지던 목소리가 뚝 끊기고 침 삼키는 소리만 났다. 심길용도 덩달아 마른침을 삼켰다.

〔혹시 병욱이, 마약 같은 거 하니?〕

"네?"

〔애가 병원에 실려 와서 계속 토끼가 쫓아온다, 검은 토끼가 날 죽이려 한다, 막 이런 말을 하잖아. 보험회사에서 마약 한 거 아니냐고 의심을 하네. 그러면 보험금을 못 준다고. 그러니까 말 좀 해봐. 우리 애, 평소 마약 같은 거 하니? 보험조사관이 친구들에게 찾아갈 수도 있다더라.〕

심길용은 그제야 권병욱의 엄마가 전화 건 이유를 눈치챘다.

"아뇨, 그러는 거 못 봤어요. 보험조사관이 와도 그렇게 말할게요."

〔그래, 다행이네. 아니, 혹시나 해서. 잘 좀 부탁해.〕

"저, 병욱이는 괜찮……."

통화는 일방적으로 끊겼다.

토끼가 쫓아온다니.

주머니 속 토끼 발이 더 묵직해진 듯 느껴졌다.

* * *

금요일 저녁, 호랑점 앞에 도착한 심길용은 흠칫 놀랐다. 가게 문이 활짝 열려 있었다. 셔터도 내려가 있지 않아서 꼭 심길용이 올 줄 알았던 것만 같았다. 그러나 불은 꺼져 있어서 안은 어둑했다.

들어갈까, 말까.

심길용은 문 앞에 서서 안쪽을 기웃거렸다. 가게 안의 어둠이 유독 깊어 보였다. 산에서 팠던 구멍이 떠올랐다. 실제로는 토끼를 품에 안은 채 기어오를 수 있을 정도였지만 왠지 끝도 없이 깊어 보여 바라볼 엄두조차 나지 않았던 그 어둠. 심길용은 주머니 속 토끼 발을 만지작거렸다. 어느새 밤 10시였다. 모이기로 한 시간이 다 되었는데 문정열은 연락이 없었다. 그럼에도 심길용이 호랑점을 찾아온 건 토끼 발을 돌려주고 싶어서였다. 이성적으로는 권병욱의 사고가 토끼 발 때문이 아니라고 여겼지만, 마음 한쪽의 찜찜함이 사라지질 않았다.

무엇보다 롭이 토끼 발을 너무 싫어했다. 심길용이 토끼 발을 들고만 있어도 발로 바닥을 내리쳤고, 옷에 넣어두자 그걸 다 갉아 먹을 기세로 덤벼들었다. 하긴, 누가 사람 발을 잘라서 들고 다니면 나도 싫을 것이다. 심길용은 역시 토끼 발을 돌려주기로 마음을 굳혔다.

그러나 불 꺼진 가게 안으로 들어갈 엄두가 좀처럼 나질 않았다. 가게 불이 켜지면 들어갈까 싶었지만 안은 계속 어두운 채였다. 훔친 게 아니라고 설명하면 믿어줄까. 그냥 지금 들어가서 슬쩍 두고 나오는 게 좋을까. 좀처럼 결정을 내리지 못하고 문에서 한 발짝 물러섰을 때였다. 심길용의 등 뒤에서 성난 발걸음 소리가 났다. 문정열이었다.

"씨발, 야, 비켜!"

문정열은 거친 숨을 몰아쉬며 심길용을 밀치고 가게 안으로 뛰어 들어갔다.

"내놔, 내 돈! 네가 한 짓이지? 다 알아!"

문정열이 가게 한가운데에 서서 고래고래 소리를 질렀다.

"야, 너 왜 그래. 나와, 일단!"

심길용이 가게 안으로 들어가 문정열의 팔을 붙잡자, 문정열은 신경질적으로 뿌리쳤다. 심길용은 문정열과 거리를 두고 섰다.

"너 연락도 안 받고 뭐 했어? 병욱이 사고 난 거 알아?"

"몰라! 젠장, 그딴 게 나랑 무슨 상관이야? 난 백만장자야. 잭팟이 터졌다고! 내 호텔, 내 차, 내 여자들! 돌려줘. 빨리 돌려달라고!"

문정열이 손에 쥔 것을 마구 흔들었다.

"이거, 이것만 있으면 얼마든지 행운이 찾아오는 거잖아. 그런데 왜 멈춘 거지? 그 많은 돈을 다 잃었어! 한 방에 다 잃었다고! 씨발, 이럴 리가 없어!"

핏줄이 선 붉은 눈, 양팔을 마구 휘두르며 괴성을 지르는 몸짓. 심길용의 눈에 비친 문정열의 모습은 괴물 그 자체였다. 발아래에서 길게 뻗어 나온 그림자 때문에 더욱 그렇게 보였다.

그림자라니. 빛도 없는데. 게다가 왜 문정열의 그림자만 무대 조명이라도 받은 듯 저렇게 거대한 걸까. 그것은 가게의 온 벽과 바닥을 뒤덮으며 점점 더 커졌다. 벽에 달라붙은 그림자가 꿈틀거리며 어떤 형상을 만들어가는 것을 본 심길용은 다리에 힘이 풀려 주저앉았다.

거대한 검은 토끼가 나타났다.

"나는 행운을 움켜쥘 자격이 있어! 난 특별하니까!"

토끼가 문정열을 향해 입을 벌렸다. 기다란 앞니가 문정열의 정수리에 박혔고, 머리가 잘 익은 포도처럼 토끼의 입안에서 터졌다. 심길용은 눈을 질끈 감았다. 문정열 다음은 자신의 차례일 것만 같았다.

그러나 한참 동안 눈을 감고 있었는데 아무 일도 일어나지 않았다.

심길용은 슬며시 눈을 떴다. 가게 바닥에 문정열이 쓰러져 있을 뿐, 토끼는 사라진 채였다. 심길용은 무릎으로 바닥을 엉금엉금 기어 문정열에게 다가갔다.

"야, 문정열. 정신 차려."

문정열은 공포에 질린 표정으로 허공을 바라볼 뿐이었다. 심길용이 뺨을 철썩 때려도, 귓가에 소리를 질러도 아무 반응이 없었다. 심길용은 후들후들 떨리는 다리로 일어서서 토끼 발을 선반에 조심스럽게 내려놓았다. 그러곤 누워 있는 문정열의 다리를 붙잡아서 질질 끌고 가게 밖으로 나갔다.

"더럽게 무겁네. 문정열, 넌 덩치는 산만 한 게 기절을 하냐?"

투덜거리던 심길용의 입가가 설핏 실룩였다. 문정열을 끌고 좁은 골목길을 빠져나오는 동안 어떤 예감이 스멀스멀 밀려온 탓이었다.

구멍을 나왔다.

다시는 빠지지 않을 것이다.

그것은 확신에 가까운 예감이었다.

심길용은 골목 끝에서 구급차를 불렀다. 친구가 술을 마시다가 사라져서 한참을 찾았는데 길에 쓰러져 있었다고 거짓말을 했다. 문정열의 형이 응급실로 달려왔다. 문정열이 조카의 용돈을 빼앗아 강원랜드에 가더니 이 꼴이 되었다며 한탄했다.

"도박, 그거 결국에는 다 잃게 되어 있으니 정신 차리라고 했더니 자기한테는 행운의 아이템이 있다나. 그런 게 어디 있겠어? 행운도 눈이 있지, 이딴 놈한테 오겠냐고."

문정열의 형이 고생했다며 내민 택시비를 받아 쥐고 응급실을 나왔다. 택시를 타고 집에 도착하자마자 침대에 쓰러져 잠든 심길용은 보지 못했다. 현관문 아래 틈으로 스멀스멀 기어드는 검은 그림자, 그리고 그 그림자를 노려보며 발로 바닥을 치는 롭의 모습을. 롭이 사납게 코끝을 찡긋거리자 그림자는 슬금슬금 뒷걸음질하듯 사라졌다.

* * *

안개는 경계였다. 생과 사. 그 어딘가를 떠돌던 사람들이 망각의 강을 건너기 전에 잠시 머무는 곳. 때로 어떤 아이들은 안개 속에서 오래 헤매기도 했다. 삶이 짧을수록 죽음을 실감하기 어려운 탓이었다. 호미가 데려오는 것은 그런 아이 중 한 명이었다.

"내가 몇 세기 동안 후계자를 데려오지 않자 다들 내게 유별나다고 하더군. 누군가는 욕심쟁이라 하고."

안개 속으로 걸어 들어가던 사부의 웃음소리가 동의 머릿속에서 태엽이라도 감은 듯이 재생되었다.

"나는 그저 또 한 명의 외톨이를 만들고 싶지 않았을 뿐인데 말이야. 나를 거둔 호미는 아주 빨리 사라졌어. 이 세상에 머무는 게 지긋지긋해서였는지, 이쪽에 머물 힘이 더 이상 없어서였는지는 모르지. 원체 살가운 사람도 아니었고. 그때 나는 열다섯 살이었지. 힘 있고 특별한 친구들이 있다 한들 열다섯 살이 혼자 사는 건 너무 힘든 일이었어."

그러나 사부는 결국 안개 속으로 들어가길 택했다.

"도저히 외면할 수가 없어. 그 아이가 매일 나를 불러. 춥다고."

사부가 동의 머리를 쓰다듬었다.

"난 그 아이가 적어도 성인이 될 때까지는 곁에 있어주려 해. 하지만 힘이 생각보다 빨리 옮겨 가서, 어느 날 인사도 없이 떠나게 되면 말이지. 그때는 네가 아이의 곁에 있어줘."

웅크리고 있던 아이의 뒷모습을 보자, 동의 몸이 기억을 밀어 올렸다. 축 늘어져 있던 아이. 그 아이가 다시 움직이기를 바라며 핥고 또 핥았던 기억. 이 몸에 남은 그리움이, 아이의 뒷모습을 보자마자 치솟아 올라 어찌할 수가 없었다.

미련이다. 아무 쓸모 없는 미련.

그러나 사랑스러운 미련인 탓에 오늘도 이곳을 떠나지 못하고 있었다. 동은 가게 문 앞에 얌전히 놓인 두 개의 토끼 발을 한꺼번에 물고 들어왔다.

이번 청소는 나름 성공적이었다.

4. 1950년대, 럭키 래빗스 풋

5

17세기, 짚인형 제웅

　호랑점에 낮 손님이 생겼다. 한 달여 전부터 매일 오후 2시에 셔터 아래로 몸을 숙여 들어오는 손님의 이름은 소하연이었다. 화가 한밤중에 남자에게 쫓기던 소하연을 가게에 들인 것이 시작이었다. 다음 날 초코우유를 들고 가게에 찾아온 소하연은 화가 사라진 것에 섭섭해했다. 그러다 이유요가 차를 준비해 탁자에 앉자 쪼르르 달려와 맞은편에 앉았다. 졸지에 지정석을 빼앗긴 동이 노려보아도 아랑곳하지 않았다. 소하연은 초코우유를 쪽쪽 빨며 화는 어디 갔느냐고, 아저씨는 아르바이트생이냐고, 왜 낮에 가게 문을 열지 않느냐고 질문을 퍼부었다. 이유요는 잠자코 양갱을 반으로 잘라 내밀었다. 소하연은 우리 할머니도 양갱 좋아하는데, 하고 냉큼 받아먹었다. 다음 날에도, 그다음 날에도 소하연은 호랑점을 찾아왔고 이유요는 간식을 나누어 주었다. 일주일이 지난 뒤부터는 차도 함께 마셨다. 소하연은 찻잔을 입에 댈 때마다 쓰다고 인상을 찌푸리면서도 차를 남기지 않았다.

"떨어트렸네."

소하연이 돌아간 후 가게를 청소하던 이유요가 바닥에서 포토카드 홀더를 주웠다. 홀더 안에는 소하연과 한 여자가 함께 찍은 사진이 끼워져 있었다.

"홀더까지 씌워서 가지고 다니는 거면 소중한 것 같은데 찾으러 오겠지."

이유요는 홀더를 카운터에 올려두었다. 그러다 동과 눈이 마주치자 고개를 갸웃거렸다.

"응? 아냐, 귀찮진 않아. 그 애가 여기 오게 된 것도 무언가의 부름이겠지. 그 애가 오면 저 애가 기뻐하기도 하고."

저 아이, 이유요가 가리킨 건 작은 짚인형이었다. 인형이라 하지만 짚을 모아서 위쪽을 끈으로 묶어 머리처럼 만들고, 아래를 두 갈래로 나누어 다리처럼 만들었을 뿐이었다. 양팔 부분에는 나무 막대기가 하나씩 꽂혀 있었다.

그날 저녁, 이유요가 2층에 올라간 사이 소하연이 가게에 들어왔다. 소하연은 탁자 쪽을 기웃거리다가 카운터에 놓인 홀더를 보고 반색했다.

"잃어버린 줄 알고 깜짝 놀랐네. 엄마 사진 이것밖에 없단 말이야."

소하연이 홀더를 주머니에 넣는데, 여자 두 명이 가게 안으로 들어왔다. 소하연은 냉큼 카운터 의자에 앉았다. 잠시 후 가게 안을 구경하던 여자 중 한 명이 선반에서 짚인형을 들고 와 카운터에 올렸다.

"이거 가격표가 없는데요."

"담겨 있던 바구니에 5만 원이라고 쓰여 있었어."

여자는 지갑에서 5만 원짜리 한 장을 꺼내 카운터에 두고는 짚인형을 낚아채 가게를 나갔다. 멍. 동이 급하게 짖었다. 2층에서 이유요가 급하게 뛰어 내려왔다.

"이것 보세요, 짠!"

소하연이 자랑스럽게 5만 원 지폐를 들어 보였다.

"내가 물건 하나 팔았어요. 잘했죠? 언제 손님이 올지 모르니까 계산대를 비우면 안 된다고요. 우리 할머니였으면 이놈아, 했을 거예요."

"안 됩니다."

"예?"

이유요의 단호한 말에 소하연의 어깨가 움츠러들었다.

"이곳에 있는 건 뭐든 마음대로 건드려서도, 팔아서도 안 됩니다."

"하지만……."

소하연은 말끝을 흐리다 지폐를 카운터에 내려놓고는 쭈뼛거리며 가게를 나갔다. 이유요는 한숨을 내쉬었다.

"사라진 건…… 그 아이구나."

그것은 이유요가 호랑점에 왔을 때부터 있었다. 골동품 대부분은 아무리 길어도 3년 안에는 청소가 끝나 평범한 물건으로 되돌아갔다. 하지만 그것은 계속해서 호랑점에 머물러 있었다. 사부는 그것을 '아이'라고 불렀다. 가엾은 아이란다, 라고. 이유요도 사부를 따라 그것을 아이라고 불렀다. 어째서 사부가 그리 불렀는지는 나중에야 알았다.

"그 아이가 끌어들인 건지 그냥 들어온 건지, 그나마 대가를 지불해서 다행이로군."

이유요가 집어 들고 허공에서 흔들자 지폐에 새파란 불이 붙었다. 지폐는 눈 깜짝할 새에 불타 사라졌다. 가게 밖에서 불어온 바람이 바닥에 떨어진 까만 재를 휩쓸어 안고 사라졌다.

* * *

어떤 케이크를 살까. P호텔 시즌 한정 케이크는 어떨까. 확 2단 케이크를 주문해버릴까도 싶었다. 하루 휴가를 내고 지방의 빵집 투어를 하는 것도 괜찮을 것이다. 채주연은 휴대전화를 만지작거리며 온갖 케이크를 떠올렸다. 2주 뒤에 찾아올 생일에는 이제껏 가장 멋진 케이크를 살 작정이었다.

"M제과점의 케이크가 맛있긴 한데."

M제과점은 채주연의 단골 빵집이었다. 어떤 케이크를 사도 후회하지 않을 궁극의 맛집. 입안에서 녹아내리는 생크림과 마스카르포네크림의 절묘한 조화가 떠오르자 침이 고였다. 하지만 채주연은 빠르게 고개를 가로저었다. 그곳의 케이크만은 안 된다. 그것만은 사고 싶지 않았다.

1여 년 전, 채주연은 41세 생일에 이혼을 선언했다. 남편의 외도 사실을 알게 된 지 반년쯤 지났을 때였다. 그때 식탁 위에는 M제과점의 케이크가 놓여 있었다. 남편은 일단 케이크의 초를 끄고 다시 논의하자고 했다. 채주연은 촛불을 끄고 바람피우는 새끼들 다 뒤지게 해주세요, 라고 외친 뒤 케이크를 들어 남편의 얼굴에 처박았다. 그날부터 길고 긴 조정 기간을 거쳐 3개월 전에야 이혼이 성립되었다. 그사이 채주연은 괜찮으냐는 말에 학을 떼게 되었다. 부모님도, 회사 동료들도, 심지어 한두 차례 인사를 나누었을 뿐인 아파트 주민들까지도 괜찮으냐고 물었다. 어딘가에 카메라가 설치되어 있어 이혼 사실을 중계라도 한 것인가 싶었다.

괜찮으냐고? 괜찮지 않을 이유가 없었다.

바람이나 피우는 남자와 이혼을 한 건 불행이 아니라 행운이었다. 비싼 변호사를 선임한 보람이 있어 딸아이의 양육권도 무사히 가져왔고 양육비도 최대로 받아냈다. 재산 분할도 깔끔하게 끝냈다. 외도 사실이 전남편의 회사에 알려져 당분간 지방 근무를 하게 되었다는 소식을 전해 들었을 때는 사필귀정, 남의 마음을 아프게 한 자는 자신도 마음고생하게 마련이라며 고소해했다.

물론 한동안은 정신이 없었다. 집에서 남편의 짐을 정리해 보내는 것 자체가 스트레스였다. 몇 달간 스트레스로 폭식했더니 살이 쪘고, 그게 또 스트레스가 되었다. 곧 회사에서 온라인 브랜드관을 론칭하는데, 채주연이 그곳의 팀장이 될 게 분명하다는 소문이 공공연하게 떠돌았다. 채주연이 3년 넘게 온갖 협력체를 뛰어다니며 이루어낸 성과였기에, 채주연 본인도 그렇게 믿어 의심치 않았다. 대대적인 론칭 홍보 쇼에 참석하려면 미리 외모 관리를 해두어야만 했다. 헬스장에서 퍼스널 트레이닝을 등록했다. 이전이라면 바빠서 꿈도 못 꿀 일이었지만, 청소업체를 부르고 샐러드 정기 배송으로 아침 식사를 대신하자 여유가 생겼다. 진즉에 청소업체를 쓸걸, 하고 후회했다.

신혼 때 맞벌이로 둘 다 바쁘니 청소업체를 쓰면 어떨지 말을 꺼냈다가 그런 건 게으른 여자들의 핑계 아니냐는 남편의 조소가 화살처럼 가슴에 콱 박혀서 두고 보라고, 난 게으르지 않다고, 집안일과 회사 일 모두 완벽하게 해내리라고 이를 악물었다. 어느 쪽 일이든 손에 익으면 좀 더 수월해지리란 계산도 있었다. 그러나 세월이 흘러도 녹록지 않았다. 프로젝트를 맡아 밤 9시까지 야근하는 와중에 내일 아침에 먹을 빵이 떨어졌나 고민하고 집에 돌아와 설거지를 하고 있노라면 이게 시시포스의 형벌인가 싶었다. 매일 산꼭대기로 바위를 밀어 올리는 형벌을 받았다는 신화 속의 인물, 시시포스의 죄가 신을 모독한 것이라면 채주연의 죄는 무엇이었을까. 그렇게 아등바등 노력한 결과가 남편의 외도라니 쓸데없는 발버둥이었다.

이제 집안일은 다른 사람에게 맡기고 회사 업무에 전념하리라. 세리를 위해서라도 더 성공해야 했다. 채주연의 딸, 나세리는 미국에서 학교를 다니고 있었다. 이민을 가서 정착한 오빠의 권유로 시작된 유학이 어느새 3년째였다. 처음에는 한국에 돌아오고 싶다고 하루에도 몇 번씩 전화를 걸던 아이가 할머니의 보살핌 덕에 이제는 완전히 적응한 듯했다. 문제는 돈이었다. 사립학교 학비와 어머니 몫의 용돈과 오빠에게 보내는 생활비 등등 적지 않게 돈이 들어갔다. 그뿐인가. 아이가 대학에 들어갈 비용까지 계산하다 보면 그 엄청난 금액에 그야말로 골이 지끈거렸다. 그 부담감이, 지금의 채주연에게는 오히려 원동력이 되었다.

"그래, 성공하자, 성공! 파이팅이다, 채주연!"

혼잣말에 답이라도 하듯이 띠링, 하고 회의 시간에 맞춰 놓은 알람이 울렸다. 채주연은 연거푸 파이팅을 되뇌며 몸을 일으켰다. 이번 회의에서 브랜드관 팀장이 누구인지 발표할 확률이 높았다. 확정된 승리를 거머쥐러 가는 장수처럼 회의실로 향하는 채주연의 발걸음은 당당했다.

그러나 고작 열두 시간이 지난 그날 밤 11시.

채주연은 화살 맞은 패잔병처럼 비틀거리며 집에 들어와 주저앉았다. 손에 들고 있던 커다란 비닐봉지가 요란한 소리를 내며 함께 무너졌다. 맥주 캔과 과자가 봉지 밖으로 굴러나왔다. 채주연은 맥주를 따서 꿀꺽꿀꺽 단숨에 마셨다. 과자 봉지를 뜯어 한 움큼 집어서 입에 넣고 씹었다. 과자는 금세 바닥을 보였다. 또 한 봉지를 뜯었다. 또 한 봉지, 그리고 또 한 캔. 채주연은 현관 앞에 양반다리를 하고 앉아 봉지 안에 든 음식을 모두 먹어치웠다. 과자 봉지며 삼각김밥의 비닐 같은 쓰레기가 주변에 널브러졌다. 네 캔째 맥주를 따던 채주연은 어느새 자신이 쓰레기 한가운데에 앉아 있음을 깨달았다. 주변을 둘러싼 쓰레기들이 너의 인생은 이미 쓰레기일 뿐이라고 비웃는 것만 같아 양쪽 귀를 손바닥으로 틀어막았다.

이젠 안 된다. 무리다. 더 이상 나를 속일 수가 없다.

괜찮으냐고?

괜찮지 않았다. 오래전부터 괜찮지 않았다. 언제부터인가 아무리 먹어도 배가 고팠다. 뭐든 입에 넣고 씹지 않으면 견딜 수가 없었다. 자다가 새벽에 깨어 냉장고를 뒤졌고 쉬는 날이면 배달 음식을 잔뜩 시켜서 드라마를 보며 먹었다. 배가 터질 것 같은데도 배가 고픈, 도저히 이해할 수 없는 감각이 이혼을 진행하는 내내 계속되었다. 조금씩 늘던 체중이 어느 순간 걷잡을 수 없이 불어났다. 이혼 때문에 스트레스를 받아서 그런 거라고, 이 소모적인 싸움이 끝나면 괜찮아지리라 믿었다. 그러나 이혼이 완료된 후에도 배고픔은 가시지 않았다. 3개월 동안 체중은 더 불어났다. 계단을 내려가면 무릎이 아팠고 부르튼 피부 곳곳이 따끔거렸다. 영상통화를 걸어온 엄마가 힘든 건 알지만 건강 생각해서 살 좀 빼렴, 하고 말한 것이 결정적인 위험신호였다. 임신해서 얼굴까지 퉁퉁 부었을 때도 우리 딸이 왜 이리 말랐느냐고 눈물을 쏟던 엄마였다. 채주연은 침대 아래에 밀어 넣어두었던 체중계 위에 올랐다. 그리고 다음 날 헬스장에 등록했다. 노골적인 경고음을 무시할 정도로 어리석진 않았다.

그러나 과자 봉지를 뜯는 손을 멈출 수 없었다.

언제부터일까. 어디서 오는 걸까. 영영 채워질 것 같지 않은 이 배고픔은.

한 손에 맥주 캔을 든 채 꼼짝하지 않던 채주연의 기억 속 시계가 거꾸로 되감아졌다.

열한 시간 전.

회의가 끝나고 상사가 채주연을 따로 불렀다. 회의 내내 브랜드관에 대한 언급이 없어 의아해하던 채주연은 설레는 마음으로 상사 앞에 섰다. 그러나 상사가 자네 요즘 살이 좀 쪘지, 라고 입을 뗀 순간 뭔가 잘못되었음을 직감했다. 상사는 채주연의 눈치를 살피다가 끙, 하고 앓는 소리를 냈다.

"아이고, 악역은 힘드네. 채주연 씨, 주연아, 차마 내가 너한테 거짓말은 못 하겠다. 네가 내 직속 후배로 힘내준 게 몇 년인데. 브랜드관 팀장 자리, 다른 사람한테 넘어갔어. 너희 부서의 한승연 있지? 걔가 맡을 거다. 회사에서는 네가 자기 관리를 못해서, 언론 노출이 많은 브랜드관 팀장에 적합하지 않다고 설명하라더라. 그런데 아니야. 그 여자 있잖아. 그…… 네 전남편 외도 상대, 인플루언서라며. 그것도 완전 마당발. 브랜드관이 인플루언서들이랑 협업해야 하는 기획이 많은데, 네가 팀장이 되면 진행이 원활하지 않을 것 같다는 게 이유야. 그래도 나니까 솔직하게 말해주는 거다. 날 원망하지 마라."

어떤 표정으로 자리로 돌아왔는지 모르겠다. 온몸이 지방으로 출렁거리는 괴물이 된 것만 같았다. 외도의 증거를 모을 때 봤던 여자의 얼굴이 자꾸만 떠올랐다. 여자는 예뻤다. 귀염성 있는 얼굴에 날씬한 몸매. 이건 다 필터로 만들어낸 게 분명하다고 입을 삐죽였었다. 그러나 딱 한 번, 실제로 멀리서 본 여자는 사진 속 모습과 그다지 다를 것 없이 아름다웠다. 그 아름다움은 분하게도 남편과 어울렸다.

내 탓이다. 진짜 이유가 그 여자 때문이라 해도, 살이 찌지 않았으면 회사가 팀장 자리에서 나를 쉬이 배제하진 못했을 것이다. 핑곗거리가 없었을 테니까. 내가 날씬하지 않아서 빌미를 준 것이다. 채주연은 자신을 향한 원망이 치솟아 올랐다.

"여러분, 오늘 승연 씨가 좋은 소식 있다고 쏜답니다!"

들뜬 외침과 박수 소리가 사무실 안에 울렸다. 채주연은 짐짓 아무것도 모른다는 듯이 환하게 웃으며 손뼉을 쳤다.

서른일곱 시간 전.

대체 왜 사람들은 화장실에서 뒷말을 하는 걸까. 드라마 속에서 화장실 뒷말이 발각되는 장면이 그렇게나 많이 재현되었으면 다른 장소를 찾는 성의 정도는 보여야 하는 것 아닐까? 채주연은 화장실 좌변기에 걸터앉아 숨을 죽였다. 바깥에서 떠드는 사람들에게 자신이 여기 있다는 걸 들키고 싶지 않았다.

"채주연 남편, 바람 상대가 걔래. 그 글래머 인플루언서."

"이젠 바람 상대가 아니지. 보니까 걔랑 결혼할 것 같던데. 인스타그램에 웨딩드레스 보러 다니는 티 팍팍 내고 있더라."

"누구? 난 걔 누군지 몰라."

"봐, 얘."

작은 탄성이 울렸다.

"미친, 진짜 예쁘다."

"애초에 채주연이 그런 미남하고 결혼한 게 이상했어."

"채주연 대리님 남편, 잘생겼어요?"

"아, 넌 본 적 없겠구나. 완전 잘생겼어. 우리 회사 거래처 사람인데, 가끔 외근 나올 때마다 여자들 난리 났었지. 그래서 둘이 사귄다는 소문 돌았을 때 아무도 안 믿었잖아."

"에이, 대리님이 못생기진 않았잖아요."

"객관적으로 평범에서 살짝 아래인 건 맞잖아. 요즘은 돼지처럼 살쪄서 더 못생겨 보이는 게 사실이고. 그렇게 예쁜 여자한테 남편 뺏겼으면 분해서라도 외모 관리를 빡세게 할 것 같은데, 참 성격도 느긋해."

드라마와 다른 점이라면 현실에서는 멋지게 뛰어나가 뒷말하는 사람들을 한 방 먹이는 뚝심 좋은 주인공이 존재하지 않는다는 것이다. 채주연은 밖에서 말소리가 들리지 않게 된 후에야 자리에서 일어났다.

쉰두 시간 전.

영상통화가 시작되었다. 이번에도 화면에 잡힌 건 엄마뿐이었다.

"세리가 아직 마음 정리가 안 되었나 봐. 아무리 달래도 너랑 통화하기 싫다네. 어쩌겠냐. 어린 마음에 부모 이혼을 받아들이기가 어디 쉽겠어. 한국에 돌아가서 있을 곳을 잃어버린 것 같고, 그런 서운함이겠지. 그래도 세리가 너 보고 싶어 해. 통화 끝나면 괜히 내 주변을 서성거리다가 엄마 어땠느냐고 물어보고 그래."

통화를 마친 후 채주연은 치즈볼 상자를 열었다. 딸과 마지막으로 통화한 건 이혼 조정을 시작하기 전이었다. "엄마, 아빠랑 이혼할 거야." 그것이 마지막 대화였다. 괜찮다고 한마디만 해주지. 못된 것. 괜찮을 거라고 한마디만 더 할걸. 못된 건 나지. 원망과 후회를 달래주는 건 치즈볼의 짭짜름한 맛뿐이었다.

일흔네 시간 전.

저녁 9시, 회사에서 돌아온 채주연은 식탁에 앉아 다이어트 도시락을 꺼냈다. 구운 연어에 파프리카, 현미밥. 한꺼번에 배달되어 온 것을 냉동했다가 데운 탓인지 아니면 아무도 없는 식탁에 혼자 앉아 먹는 탓인지 영 맛이 없었다. 그 여자는 매번 이런 걸 먹을까. 그래서 그렇게 날씬한 걸까. 만나서 제대로 이야기 나눠본 적도 없는 상대에 대한 질투가 찰기 없는 밥알과 함께 목 아래로 넘어갔다. 머리로는 알았다. 바람을 피울 놈은 이유가 뭐든 피운다. 그러나 자꾸만 자신에게서 이유를 찾게 되었다. 내가 좀 더 예뻤으면, 내가 좀 더 완벽했으면. 통제할 수 없는 상실에 무의미한 가정을 덧붙이는 사이 채주연의 배고픔은 점점 심해져만 갔다. 도시락을 억지로 다 먹었다.

   그래도 여전히 배가 고팠다.

   그리고 다시 지금.
   채주연은 알코올 기운이 돌기 시작한 머릿속에 스쳐 지나가는 배고픔의 순간들이 서러워 질끈 눈을 감았다.
   생일이 지나면, 한 살 더 먹으면 분명 괜찮아질 것이다.
   케이크다. 생일날 무슨 케이크를 살지만 고민하자. 채주연은 온갖 달콤한 케이크를 떠올리며 바닥에 가로누웠다.

* * *

   친구가 예약한 호텔 레스토랑은 완벽했다. 맛도 완벽, 비주얼도 완벽. 거기에 친구가 준비한 'My best friend. 새로운 기운 뿜뿜!'이라는 문구의 케이크토퍼까지 곁들이자 드라마에 나올 듯한 생일 파티의 한 장면이 완성되었다. 채주연은 케이크와 토퍼가 함께 놓인 사진을 수십 장 찍었다.

"너 안색이 안 좋다. 괜찮은 거지?"

"그럼! 요즘 다이어트해서 그렇게 보이나 봐. 어때? 좀 갸름해졌어?"

채주연은 친구의 걱정스러운 시선을 넉살 좋게 받아넘기며 스테이크를 입에 넣었다. 기름진 지방의 맛이 혀에 황홀하게 스며들었다. 맛이 두껍게 쌓여 지루해질 쯤 페어링으로 나온 레드와인으로 씻어내자 온몸의 미각세포가 깨어나는 듯했다. 다음 코스로, 또 다음 코스로. 디저트까지 싹싹 긁어 먹고 스푼을 내려놓자 깊은 만족감과 불쾌함이 동시에 밀려왔다. 곧 토하고 싶다는 욕망이 온몸을 뒤덮었다.

채주연은 당장 화장실로 달려가고 싶은 충동을 꾹 억눌렀다. 퍼스널 트레이닝을 시작한 지 2주째, 도저히 식단을 지킬 수 없어서 폭식하고 딱 한 번 토했던 게 버릇이 되었다. 트레이너와 함께 운동할 때는 폭식을 하지 않을 수 있을 것 같다가도, 집에 돌아오면 다시 같은 일이 반복되었다. 그나마 다행인 건, 지금처럼 함께 밥 먹는 상대가 있으면 그 충동에서 벗어날 수 있다는 거였다. 그렇지 않으면 호텔 화장실에 주저앉아 토하고 있었을지도 몰랐다. 그런 모습을 상상하면 등줄기에 식은땀이 흘렀다. 이대로 가다가는 정말 그렇게 될

지도 몰랐다.

 찍은 사진 중 가장 잘 나온 것을 보정해 SNS에 올리며 채주연은 한숨을 삼켰다. 업로드된 사진에서 행복의 기운이 넘쳐흐르는 것이 그나마 위안이 되었다. 이 사진을 본 사람들은 누구나 채주연이 행복하리라 믿을 것이다. 더 이상 괜찮으냐고 묻지 않을 것이다. 괜찮다고, 마음에도 없는 대답을 하지 않아도 될 것이다.

 식사가 끝나고 채주연은 한 손에 케이크 상자를 든 채 레스토랑을 나왔다. 고민 끝에 고른 케이크는 단출한 생크림시폰케이크였다. 앞으로의 날들이 시폰처럼 가볍고 폭신했으면 했다. 혹시 케이크가 고꾸라지기라도 할까 조심스럽게 상자를 들고 있던 채주연이었지만, 2차로 간 호프집에서 나왔을 때 상자 한쪽이 완전히 찌그러진 것도 알지 못했다. 기분 좋게 취기가 오른 채주연과 친구는 어깨동무를 하고 어두운 밤거리를 춤이라도 추듯이 걸었다.

 "맞다. 야, 우리 거기 가볼래?"

 친구가 퍼뜩 생각났다는 듯 걸음을 멈췄다.

 "여기서 세 정거장쯤 가면 골동품 시장 있잖아. 가본 적 있어?"

 "없어. 인터넷에서 보기만 했어."

"거기 밤에만 문 여는 가게가 있대. 귀신의 집 아니냐고 별 소문이 다 돌았는데 그냥 심야 영업하는 골동품 가게였다고 하더라. 요즘 이삼십대 사이에서 거기 다녀왔다고 인증샷 찍어 올리는 게 유행이야. 아줌마라고 유행에 뒤처지란 법 있어?"

채주연은 썩 내키지 않았지만 친구의 흥을 꺾고 싶지 않았다. 무엇보다 친구와 함께 있고 싶었다. 집에 돌아가면 또다시 혼자일 터였다. 혼자가 될 시점을 앞당기느니 어두운 시장 골목을 헤매는 게 나았다. 채주연은 기꺼이 친구와 함께 택시에 몸을 실었다.

가게는 정말로 그곳에 있었다.

밤 11시가 넘은 시각 어둑한 골목 안쪽에, 귀신의 집이라는 소문치고 가게는 의외로 평범했다. 특이한 점이라면 카운터에 어린아이 혼자 앉아 있다는 것뿐이었다. 채주연과 친구가 가게 안에 들어서자 카운터 옆에 앉아 있던 커다란 개가 두 사람을 빤히 바라보았다. 2층에서는 누군가 통화를 하는 듯한 목소리가 들렸다.

"가게 분위기 진짜 좋다. 사진 찍어야지."

"난 셀프 생일 선물로 뭐 하나 살까 봐."

채주연은 신나게 사진 찍는 친구를 뒤로하고 선반을 둘러보았다. 손때가 탄 브로치와 레이스 손수건 같은 것을 들었다 놨다 고민하던 손이 우뚝 멈췄다. 선반 안쪽, 벽에 기대앉은 인형 하나가 보였다. 짚으로 만든 보잘것없는 인형. 그러나 그 인형에 손가락이 스친 순간, 이것을 가지고 싶다는 욕망이 파도처럼 밀려왔다. 채주연은 짚인형을 들어 이리저리 살폈다. 판매 금지 태그가 붙어 있었다. 채주연은 슬그머니 태그를 떼어내고 카운터 쪽을 봤다. 저런 어린애라면 속일 수 있지 않을까 싶었다. 채주연은 짚인형을 손에 꼭 쥐고 카운터로 향했다.

심장 뛰는 소리가 가슴을 뚫고 새어 나올 것만 같았다.

* * *

왜 거짓말을 하면서까지 갖고 싶었던 걸까.

"먼저 들어가겠습니다."

채주연은 퇴근 시간이 되자마자 자리에서 일어났다. 부리나케 사무실을 나가는 채주연을 보던 직원 몇몇이 소곤거렸다.

"대리님, 요즘 한 달간 살 엄청나게 빠졌지?"

"운동 열심히 하나 봐."

"매일 정시 퇴근하는 거 보면 연애라도 하는 거 아냐?"

"아니면 강아지라도 기르나? 어느 쪽이든 괜찮아졌나 봐. 다행이네."

집까지 운전해 가는 동안 채주연은 콧노래를 흥얼거렸다. 더 이상 집에 가는 게 두렵지 않았다. 빨리 집에 가서, 오늘이야말로 이름을 붙여줘야지 싶었다. 계속 고민했지만 딱 이거다 싶은 게 없었다. 딸을 임신했을 때 샀던 작명 책도 펴보았다가 그만뒀다. 딸아이는 여전히 통화를 거부하고 있었다.

세리를 떠올리자 배 안쪽에서 스멀스멀 배고픔이 몰려왔다. 차를 주차하고 엘리베이터를 타고 올라가는 동안 배고픔이 점점 심해져서, 지금 당장 무엇이든 입에 넣어야만 할 것 같았다. 현관의 비밀번호를 급하게 누르고 집 안으로 뛰어 들어가 부엌 찬장에서 과자 봉지를 꺼냈다. 부욱, 하고 비닐 뜯어지는 소리가 경쾌했다. 과자를 한 움큼 집어 입에 넣으려던 채주연의 시선이 식탁 한쪽으로 향했다.

"내가 또 혼자 먹으려고 했네."

채주연은 손에 쥐었던 과자를 내려놓고 접시 두 개를 꺼냈다. 접시에 과자를 먹기 좋게 나누어 담아 하나는 맞은편 자리에 놓았다. 그곳에 짚인형이 놓여 있었다. 채주연은 인형용 소파에 등을 기대고 앉은 짚인형을 보며 과자를 집어 들었다.

"브랜드관 팀장이 되지 못해서 속이 쓰렸지만, 그 덕에 정시 퇴근할 수 있게 된 건 좋아. 사무실 사람들이 내 눈치를 보느라 자기들은 잔업을 하면서도 나한테 뭐라 하지 못하는 건 좀 미안하긴 해. 그래도 프로젝트를 통째로 빼앗긴 셈인데 이 정도 심술은 괜찮잖아. 그렇지?"

채주연은 짚인형에게 말을 건네며 천천히 과자를 먹었다. 몸을 집어삼킬 듯했던 배고픔이 조금씩 가라앉았다.

"세리가 나랑 계속 통화하기 싫어하는 게 참 슬퍼. 세리가 말이야. 어릴 적엔 정말 엄마 껌딱지였어. 잠깐 화장실에 가려 해도 내가 보이지 않으면 울어대니 어쩔 수가 없었지. 애를 업은 채 볼일을 봤다니까. 그랬던 애가 이제는 엄마를 나 몰라라 하네. 너무하지 않아?"

당연히 돌아오는 대답은 없었다. 그래도 괜찮은 것이 이상했다.

짚인형에게 속마음을 털어놓다니 얼마 전까지는 상상도 하지 못한 일이었다. 생일이던 그날, 채주연은 집에 오자마자 케이크를 손으로 퍼먹으려 했다. 친구와 함께 있다가 온 탓에 집 안의 어둠이 더욱 짙게 느껴졌다. 그 어둠에 삼켜지기 전에 무엇이든 먹어야만 했다. 상자에서 케이크를 꺼내 움켜잡는데, 가방에서 고개를 내민 짚인형과 눈이 마주쳤다.

눈이라고 해봤자 검은색 옥수수 낱알 같은 것이 두 개 쿡 박혀 있을 뿐이었지만, 그 눈이 자기도 배고프다고 하소연하는 것만 같았다. 채주연은 케이크를 내려놓고 짐을 주섬주섬 챙겨 주방으로 갔다. 가방에서 짚인형을 꺼내 식탁 한쪽에 내려놓고 케이크를 잘라 나누었다. 어쩐지 마음이 차분해졌다. 그날 저녁은 짚인형을 바라보며 케이크를 딱 한 조각 먹고 잤다.

그날부터 짚인형과의 동거가 시작되었다.

채주연은 평소 아침을 걸렀는데, 짚인형에게 뭐든 챙겨주어야지 싶어 콘플레이크를 같이 먹게 되었다. 제사상이라도 차리듯 우유와 빵을 짚인형 앞에 늘어놓고 출근하기도 했다. 퇴근하고 돌아와서는 다녀왔어, 라고 인사를 했다. 세리가 어릴 적에 가지고 놀던 인형의 집에서 소파를 찾아내 전용석도 만들어주었다. 옷을 입혀보려 했지만, 나무 팔이 자꾸만 천을 뚫고 나와서 포기했다. 맞은편에 두고 조용히 밥만 먹다가 그날 있었던 일을 한두 마디 건네기 시작했다. 이혼을 하면서 들었던 생각, 힘들었던 것, 회사에서 겪은 속상한 일 등등. 이렇게나 많은 말이 몸 안에 쌓여 있었나 싶게 입이 계속 움직였다. 속마음을 풀어놓자 배고픔이 조금씩 가라앉았다. 폭식한 뒤 토하는 횟수가 줄어들었고 한밤중에도 깨지 않고 잘 수 있었다. 그러는 사이 채주연은 자신이 외로운 줄도 모르게 외로웠음을 깨달았다.

"딸이라고 하나 있는데 엄마 심정을 이해 못 해주니 속이 상하네. 그런 딸내미 필요 없어. 밥 같이 먹어주는 네가 오히려 더 자식 같다. 네가 내 자식이고, 내 구원이지 싶어."

과자를 집던 채주연의 손이 멈췄다.

"구원."

채주연은 무심코 입 밖에 꺼낸 단어를 다시 한번 읊어보았다.

"이거네. 이거야! 구원, 오늘부터 네 이름은 원이야. 마음에 드니?"

채주연은 손을 뻗어 짚인형의 머리를 가볍게 쓰다듬었다. 까칠한 짚의 감촉이 손바닥에 닿자 대답이라도 하듯 짚인형의 오른손이 느리게 위로 올라갔다. 채주연은 흠칫 놀라 짚인형에게서 손을 뗐다. 잘못 봤나 싶었다.

채주연은 빈 접시를 들고 식탁에서 일어났다. 원에게서 등 돌리고 선 채 설거지하며 자꾸 마음 한쪽에 맺히는 껄끄러움까지 박박 씻었다.

껄끄러움, 그것은 이전부터 짚인형이 움직이는 건 아닐지 하던 의심이었다.

저녁에 귀가했더니 아침에 앉혀둔 방향과 반대로 앉아 있다거나, 다리 한쪽이 소파 아래로 떨어져 있다거나, 팔의 방향이 바뀌어 있는 일이 종종 있었다. 그때마다 바람 때문이려니, 착각이려니 하고 넘겼다. 원의 정체가 무엇인지 알아보려면 다시 그 가게에 가야 할 텐데, 그랬다가는 원을 빼앗길 것만 같았다.

채주연은 설령 원이 사탄의 인형이 되어 한밤중 제 가슴에 칼을 꽂는다 해도 상관없었다. 다시 혼자가 되는 것보다는 낫다, 차라리 조금 더 움직일 수 있게 되면 그때는 내가 출근할 때 다녀오라고 손 정도는 흔들어줄지도 모른다, 라고 생각했다. 나뭇가지 팔을 와이퍼처럼 흔들며 인사하는 원의 모습을 상상하니 피식 웃음이 나왔다. 깨끗해진 접시처럼 껄끄러움도 사라졌다. 그러나 그것도 며칠 뒤 이른 아침에 영상통화 알림이 요란하게 울릴 때까지의 평온이었다.

〔너, 무슨 흉한 것을 집에 들였니?〕

채주연이 통화 버튼을 누르자 날 선 엄마의 목소리가 튀어나왔다.

"흉한 것? 뜬금없이 무슨 소리야? 한국은 지금 새벽 6시야."

〔지금 몇 시인지가 중요해? 이것아, 세리가 이상해.〕

"뭐? 세리가?"

졸음으로 반쯤 감겨 있던 눈이 번쩍 뜨였다.

〔사흘 전부터 먹고 싶지 않은데 자꾸 먹게 된다고 하잖아. 십대 애들이 으레 하는 말인 줄 알았어. 한창 식욕이 왕성할 나이잖아. 그런데 아니었어. 그게 진짜였다고. 애가 배불러서 토할 때까지 먹고, 배가 찢어질 것 같다고 울면서도 먹어. 새벽에 몽유병 환자처럼 냉장고 문을 열어놓고 김치를 통째로 씹어 먹고 있더라니까. 평소에는 맵다고 입에도 못 대던 애가!〕

혹시 딸아이도 식이장애에 걸린 것일까. 한밤중에 음식을 먹는 것이나 폭식하는 것 모두 채주연이 겪던 증상이었다. 어린 딸이 그런 고통을 겪고 있다고 생각하니 가슴이 찢어질 것만 같았다. 모든 게 자신의 탓인 듯했다.

"병원은? 병원에는 데려갔어?"

〔아무 이상 없대. 그래서 내가 점을 보러 갔어. 여기 한인 타운에 정말 영검한 보살님이 있거든.〕

"엄마! 점이나 무당 같은 거 다 사기라니까! 병원은 어디로 데려갔는데? 내과? 소화 쪽 문제가 아니라 정신적인 문제일 수 있어. 세리가 다니는 학교랑 연계된 멘털 케어 센터가 있을 거야."

〔이것아, 설마 내가 그런 것도 모르겠어? 해볼 거 다 해보

고 안 되니까 답답해서 간 거야. 그 보살님이 그러더라. 바다 건너, 세리와 가장 가까운 사람이 곁에 흉한 것을 들였대. 그 흉한 것이 세리를 저주하고 있다더라.〕

흉한 것. 채주연은 침대에서 일어나 방을 나갔다. 목이 탔다. 물을 한 컵 가득 따라 급하게 마셨다.

〔잘 떠올려봐. 뭐 없었어?〕

"딱히 없어. 세리는? 지금은 어때?"

〔지금은 처방받은 약 먹고 잠들었어. 진짜 없어? 뭐 주워 오거나 선물 받은 거.〕

"없다니까!"

채주연의 음성이 새되게 높아졌다.

"뭐든 내 탓으로 돌리지 좀 마!"

수화기 너머에서 짧게 숨을 들이마시는 소리가 났다. 서로의 숨소리만이 오가던 중 결국 침묵을 깬 건 엄마였다.

〔……미안하다.〕

그리고 통화는 끊겼다.

흉한 것.

없다고 한 건 거짓말이었다. 마음에 짚이는 게 있어 화를 냈다. 자식 이기는 부모 없다고, 화를 내면 엄마가 사과할 것을 알았다. 채주연은 식탁 위 장난감 소파에 반듯하게 앉아 있는 원의 등을 손가락으로 어루만졌다. 흉한 것이란 말을 듣자마자 떠오른 건 원이었다. 손에 넣은 방법부터 그리 정당하지 않은 탓이었다.

"아냐, 흉하기는 무슨. 원은 아닐 거야."

채주연은 고개를 가로저었다. 그저 인형일 뿐이었다. 제대로 만든 인형도 아닌, 짚을 엉성하게 엮었을 뿐인 물건. 그러나 채주연에게 그것은 더 이상 단순한 짚인형이 아닌 원이었다. 원이 사라지면 언제든 그 외로움과 배고픔이 자신을 덮쳐 올 걸 알았기에 엄마에게 원에 대해 솔직하게 털어놓을 수 없었다.

"그래, 절대 싫어. 다시 혼자가 되는 건……."

원을 움켜쥐는 채주연의 두 눈에 기묘한 광기가 번뜩거렸다. 휴대전화 알림이 다시 울렸다. 또다시 엄마에게서 걸려온 건가 싶어 미간을 찌푸린 채 통화 버튼을 누르려던 표정이 한순간에 바뀌었다. 눈에 차오르던 광기는 고인 눈물에 잠겨 사라졌다.

〔엄마, 나 너무 괴로워. 도와줘.〕

수화기 너머에서 나세리가 껵껵거리며 울었다. 울지 마. 울지 마라, 내 딸. 채주연은 당장 수화기 안으로 뛰어들어 나세리 곁으로 가고 싶었다.

그래, 자식 이기는 어미가 어디 있을까. 어린 울음을 무시하느니 영원히 외로운 편이 나았다. 채주연은 주저앉아 나세리와 함께 울었다. 툭. 채주연의 손에서 떨어진 원이 바닥에 나뒹굴었다.

* * *

꽃향기가 찻물과 함께 목 아래로 넘어갔다. 자신을 이유요라고 밝힌 가게 주인이 타 준 차에서는 이국적인 꽃향기가 났다.

"그런 일이 있었군요."

이유요가 탁자에 놓인 원을 집어 들어 유심히 살폈다. 톤이 낮은 중성적인 목소리와 마음이 차분해지는 차의 향기. 긴장으로 뻣뻣하게 굳었던 채주연의 어깨가 조금 부드럽게 풀렸다.

"죄송합니다. 거짓말을 해서."

"아닙니다. 이 아이가 손님을 부른 것일 테니까요. 이 가게에 있는 물건은 자신의 한을 풀어줄 만한 인간을 끌어들인답니다."

"한…… 그러면 역시 원이 흉한 것인가요?"

채주연은 확인해야만 했다. 원이 흉한 것인지 아닌지를. 딸을 그토록 괴롭게 만드는 존재인지 아닌지를. 그것을 알기 위해 밤 11시가 되자마자 호랑점으로 달려온 터였다.

"흉한 것."

이유요가 채주연의 말을 따라 하듯 중얼거렸다.

"이 짚인형은 '제웅'이라 부릅니다. 액막이하는 데 많이 쓰이죠. 예를 들어 집안의 누군가 아프면 병자의 사주를 적은 동전을 제웅 안에 넣은 뒤 집 밖으로 던지면서 가져가라고 외치는 겁니다."

"어머…… 사극에서 다른 사람을 저주할 때 쓰는 것만 봤는데, 좋은 용도로도 쓰였군요."

"어떤 물건이든 명암이 있지요."

그렇다면 역시 원이 흉한 것은 아니지 않을까. 채주연은 다시 차를 한 모금 마셨다.

"이 아이는 17세기에 만들어진 제웅입니다. 혹시 '경신대기근'이라고 아십니까?"

경신대기근. 조선 제18대 왕인 현종의 재위 기간 중 1670년부터 1671년까지 지속된 대기근이었다. 홍수와 냉해, 가뭄까지 이상기후가 이어진 탓에 농사는 흉작이었고 전국에는 역병이 돌았다. 당시 조선의 인구 1400만 명 중 최소 15만 명에서 최대 85만 명이 사망한 것으로 추정될 정도로 피해가 컸다. 부모가 자식을 버리고 사람이 사람을 먹었다는 소문까지 도는 등 사회는 혼돈에 빠졌다.

"대기근이 끝나고 몇 년 후 양반집 아이들이 걸귀 들린 증상을 보였습니다. 성내 가장 유명한 무속인이 대기근 때 죽은 아이들의 혼령이 붙어 그리된 것이라 하여 제웅을 만들었지요."

제웅을 만들어 던진 후 거지들에게 그 제웅을 줍게 했다. 그리고 거지들을 배불리 먹였다. 배고파서 귀신이 된 걸귀를 배불리 먹여 성불하게 한 것이다.

"그런데 딱 한 아이만 낫지를 않았답니다. 그 탓에 그 집에서는 큰 굿을 벌여 무당의 입을 통해 혼의 사정을 듣게 되었지요."

신명 나게 춤을 추던 무당의 걸걸한 목소리가 어린아이의 것으로 바뀌어 절절한 사연을 토해냈다. 부모가 나를 나무에 묶고 갔어요. 딱 한 번만 돌아봐주었으면. 미안하다고 얼굴이라도 쓰다듬어주었으면. 고파요. 고픕니다. 아버지와 어머니의 사랑이 고픕니다. 나도 데려가줬으면. 굶어 죽어도 그 품 안에서 죽었으면.

"육체적인 배고픔만이 한이 아니었기에 다른 걸귀와 달리

성불이 불가능했던 겁니다. 궁여지책으로 아이가 묶여 있던 것과 동일한 종의 나뭇가지를 잘라 제웅에 꽂아 넣었습니다. 그제야 아이에게 들렸던 걸귀가 제웅으로 옮겨 왔다고 하더군요. 아마 그 나무에 있으면 언젠가 부모가 다시 찾아오리라 기대했을 겁니다. 그것이 이 아이입니다."

이유요가 손에 들고 있던 원을 탁자에 내려놓았다. 천장을 향해 드러누운 원의 몸이 미세하게 떨렸다.

"어떤가요. 이 아이는 흉한 것일까요?"

몸을 떨던 원이 두 다리로 일어나더니 채주연을 향해 비틀거리며 걸어왔다. 걸음마라도 하듯이 서툰 움직임이었다. 채주연은 그 몸짓이 그저 애달팠다. 가장 믿던 상대에게 버림받고도 애정을 갈구하는 것이 어찌 흉할까. 흉한 것은 그 믿음을 저버린 쪽이 아닌가. 채주연은 원을 향해 손가락 하나를 내밀었다. 비틀거리던 원이 채주연의 손가락을 덥석 붙잡았다.

"정이 고팠구나. 너도 나처럼 배가 고팠어."

어린아이가 나무에 묶여 굶어 죽어가면서도 정을 원했다. 정이 없으면 사람은 무너져 내린다. 그것을 알기에 채주연은 도저히 원을 흉한 것이라 부를 수 없었다.

"손님은 이 아이의 대가를 지불했습니다. 이름도 지어주셨지요. 고로 이 아이는 손님에게 귀속되었습니다. 손님이 하는 말을 들을 겁니다."

"……제가 하는 말을 듣는다고요?"

네가 내 자식이고, 내 구원이지 싶어. 원에게 그렇게 말했던 것이 떠올랐다. 채주연은 손바닥으로 제 입을 가렸다.

"설마…… 아니, 그게 그런 의미가 아닌데."

"사람의 관점에서 판단하면 안 됩니다. 문법이 달라요. 이 아이는 손님이 원하는 결과를 가져오기 위해서 방법은 상관없다고 여길 겁니다. 내일 아침까지 푹 자게 도와줘, 라고 하면 초인종을 누르려는 사람에게 저주를 걸어서라도 못 하게 하는, 뭐 그런 극단성을 지녔다고 보시면 됩니다."

"원래 다 이래요?"

"객체마다 다릅니다. 아이였던지라 말을 아주 단순하게 해석할 가능성도 있지요."

"그럼…… 제가 그만두라고 하면 그만둘까요?"

"아마도요."

채주연은 원을 손바닥 위에 올려놓고 마주 보았다.

"세리는, 내 딸은 내게 아주 소중해. 그러니까 아프게 하는 건 그만둬."

원이 고개를 푹 숙였다. 혼이 난 어린아이 같은 모습이었다.

"저는 지금부터 물건을 가지러 가야 합니다."

이유요가 자리에서 몸을 일으켰다.

"그러니 용무가 끝났으면 이만 가주실까요."

"원은……."

채주연은 말끝을 흐렸다. 원을 돌려주고 싶지 않았다. 실수하더라도 함께 있고 싶었다. 그럴 수 있을 것 같았다.

"손님이 산 물건은 손님의 것입니다. 애프터서비스로 문제가 생기면 언제든 상담에 응해드릴 테니 그때 찾아오십시오."

채주연은 원을 주머니에 넣고 호랑점을 나왔다. 어두운 골목에 드리워진 호랑점의 희미하고도 긴 불빛이 포근했다. 채주연은 그 빛을 따라 걸었다. 편의점에 들러 케이크를 사서 집에 가자 싶었다. 정식으로 원과 함께 지내게 된 기념으로 먹을 케이크였다.

어떤 케이크를 살까.

주머니 안에서 원이 꼼지락거렸다.

붉은 달이 뜬 밤이었다. 이유요는 창밖에서 쏟아지는 빛에 부스스 잠에서 깨어났다. 이불 안에서 몸을 뒤척거리다가 사부의 침대가 비어 있는 것을 봤다. 몸을 일으켜 1층으로 향했다. 사부가 가게 밖에 서 있었다.

"뭐 하십니까, 이 새벽에."

이유요는 문을 열고 나가 사부의 옆에 섰다.

"달구경."

"개기월식이니까 지금 사부가 보고 있는 건 정확히는 지구 그림자인데요."

"이 녀석아, 가려진다고 달이 사라진 게 아니잖아."

사부가 웃으며 손에 들고 있던 것을 이유요에게 던졌다.

알록달록한 수가 놓인 콩주머니였다. 오래된 것인 듯 천이 낡아 있었다.

"뭡니까?"

"생일 선물. 내일…… 아니, 벌써 오늘이구나. 스무 살 생일을 축하한다."

"생일은 무슨."

이유요는 콩주머니를 손안에서 꾹꾹 눌렀다.

"그거, 내가 어린아이였을 때부터 가지고 있던 거란다. 안개 속에 있었던 때부터."

"그게 가능해요?"

안개 속에서 호미가 데리고 나오는 건 어디까지나 아이의 혼이다. 혼이 쥐고 있던 물건까지 가지고 나올 수는 없다. 아이의 육체는 현실로 돌아온 혼의 이동을 따라 찾아내야 한다. 이유요는 예전에 한 번 사부에게 자기 육체를 어디서 찾았느냐고 물어본 적이 있었다. 사부는 마땅히 있어야 할 곳, 이라고 답했다. 그 대답을 듣고 이유요는 자기 육체가 썩 좋지 않은 상황이었구나, 하고 짐작했다.

"신기하지? 그게 나와 무척 강하게 연결되어 있었던 모양이야. 내가 워낙 뛰어나니 원치 않게 자꾸 전설을 만들어 내네."

"잘나셨습니다."

"암, 난 잘났지."

"그 잘난 능력을 계속 유지하는 게 이 땅에도 도움이 될 것 같은데요."

이유요가 불퉁하게 중얼거리자 사부가 손을 뻗어 이유요의 머리카락을 마구 헝클어뜨렸다.

"아직도 무서우냐?"

"무서운 게 아니라 이해가 되지 않습니다. 굳이 왜 그런 쓸데없는 일을 하셨는지, 어린아이가 우는 소리쯤 무시하시면 될 것을."

"이해할 수 있는 날이 올 거다."

사부의 손길이 갑자기 사라졌다. 숨소리도, 인기척도. 원래 존재하지 않았던 듯 완벽하게 사라져버렸다. 이유요는 사부가 홀연히 사라진 자리를 허망하게 응시했다. 손안에서 콩주머니가 잘그락거렸다.

거짓말이었다.

그저 무서웠다. 언젠가 혼자가 된다는 사실이.

붉은 달빛으로 심장을 꿰매어 붙인 날이었다.

* * *

찾아내야지. 찾아내고 말 것이다.

소하연은 공책 한쪽에 낙서를 끼적거렸다. 수업 시간에 졸릴 때면 가지고 싶은 걸 그리는 게 최고였다. 손을 움직이니까 잠도 깨고 필기를 하는 것처럼 보여서 선생님에게 혼이 날 위험도 적었다. 소하연의 공책 곳곳에는 엄마를 그린 낙서가 가득했다. 하지만 지금 그리는 건 엄마가 아니었다. 짚인형이었다. 얼마 전에 호랑점에 놀러 갔다가 한 손님에게 짚인형을 팔았다. 도와주려 한 거였는데, 이유요는 화를 냈다. 소하연은 도통 이해할 수 없었다. 가게에 있는 걸 팔아서는 안 된다니. 가끔 시장의 가게 주인들이 자리를 비웠을 때 카운터를 봐주면 늘 칭찬을 들었던 터라 이유요의 반응이 섭섭하기만 했다.

나는 점장님이 마음에 드는데, 점장님은 내가 오는 게 싫었던 걸까?

매번 차도 타 주고 간식도 줬어. 귀찮아하는 것 같진 않았는데.

흥이다. 내가 거기 아니면 갈 데가 없나. 시장이고 공원이고 어딜 가든 어른들이 나를 얼마나 예뻐하는데.

하지만, 하지만……

짚인형 그림 옆에 끄적끄적 글씨를 써 내려가던 손이 멈췄다. 역시 호랑점에 가지 못하는 건 싫었다. 시장의 양 씨 아줌마가 그랬다. 호랑점은 귀신 들린 가게라고, 저기 사는 젊은 애가 사람을 잡아먹을 듯이 음산하다고, 가게에 가지 말라고. 늦은 저녁, 뒤를 쫓아오는 발소리에 무작정 호랑점으로 향한 것은 그래서였다. 시장의 어른들은 소하연이 학교에서 무어라 불리는지 몰랐다.

귀신 들린 아이.

전학 온 첫날, 같은 반 남자애가 깐죽거렸다. "네 아빠가 엄마 죽였다며? 그럼 넌 살인자 딸이네. 살인자들은 다 정신병자라서 막 이상한 걸 본다더라. 너도 봐?" 기싸움에서 지면 어떤 일을 겪게 되는지 소하연은 잘 알았다. 이전 학교에서는 퀴퀴한 냄새가 난다는 놀림에 바보처럼 웃었다가 진짜 바보 취급을 당했다. 애들은 툭하면 냄새가 난다며 소하연의 머리를 때렸고, 더럽다며 코를 틀어막는 시늉을 했다. 화를 내도 소용없었다. 전학을 가도 반 애들이 나를 싫어할까 봐 걱정이라고 했더니, 할머니는 소하연의 머리카락을 꽉 잡아당겨 묶으며 말했다. "무조건 첫인상을 이겨먹어야 해. 착해 보여서 얻어터지는 것보다야 미친년 되어서 칼춤 추는 게 낫다." 그래서 소하연은 남자애를 지그시 노려보며 대꾸했다. "보이기만 하겠어? 귀신 불러서 너한테 붙여줄까?" 남자애는 기분 나쁜 소리를 한다며 화를 내더니 겁먹은 표정으로 뒷걸음질을 쳤다. 남자애 눈치를 보던 몇몇이 소하연에게 슬금슬금 다가와 이런저런 질문을 던졌다. 이겼다. 이번이야말로 성공이다. 소하연은 학교가 끝나고 친구들과 함께 아트박스에 갔다.

문제는 다음 날 터졌다. 소하연에게 시비를 걸었던 남자애가 학원 건물 계단에서 발을 헛디뎌 골절되었다. 남자애는 분명히 뒤에 아무도 없었는데 누군가 자기를 밀었다고, 소하연이 진짜 귀신을 불러내어 붙인 거라고 떠들었다. 소하연과 함께 다니면 나쁜 일을 겪게 된다는 소문이 퍼졌다. 반 아이 중 누군가 소하연에게 말을 붙이려 하면 남자애는 목발을 흔들며 소리를 질러댔다. "귀신 들린 애랑 말한데요! 쟤도 귀신 들렸나 봐. 야, 다들 조심해!" 남자애의 극성에, 점차 아무도 소하연에게 말을 걸지 않게 되었다. 때리거나 노골적으로 싫은 티를 내지는 않았지만 눈을 마주치지 않는 아이들 사이에 앉아 있을 때면 귀신 들린 아이가 아니라 귀신 그 자체가 되어버린 것만 같았다.

문제는 또 있었다. 학교에서 귀신이 되어버린 게 낮의 고민이라면, 이건 밤의 고민이었다. 해가 지면 시작되는 고민. 그러나 소하연은 할머니나 주변 어른들 누구에게도 고민을 털어놓을 수 없었다. 소하연은 밝고 착한 손주여야 했다. 공원과 시장 어른들에게 붙임성 좋게 인사를 하고, 노래를 불러보라 하면 춤까지 췄다. 어른들이 쥐여주는 사탕이며 용돈을 받으며 싹싹하게 굴었다. 할머니의 일이 끝날 때까지 기다렸다가 함께 돌아왔고, 분식집 일도 적극적으로 도왔다. 손녀 참 잘 됐네, 라는 말을 들으면 안심이 되었다. 더 많은 칭찬을 끌어모아 슬픈 질문을 덮어버리고 싶었다. 사람들이 할머니에게 던지는 질문. 할머니를 슬프게 하는 질문. 할머니도 소하연도 답을 알지 못하는데 자꾸만 물어보는 그 질문. 아무도 그 질문을 하지 않게 될 때까지 소하연은 티 없는 어린아이를 연기할 작정이었다.

그래서 호랑점이 좋았다. 이유요 앞에서는 발랄한 척하지 않아도 됐고, 온갖 고민을 주섬주섬 털어놓을 수도 있었다.

"……아빠가요. 엄마를 죽였대요. 그리고 자기도 죽었대요. 이유는 몰라요. 나도 모르고 할머니도 몰라요. 아빠만 알겠죠. 왜 엄마를 그렇게 때렸는지, 나를 때렸는지. 그런데 사람들은 자꾸 할머니에게 물어봐요. 아들이 왜 그랬는지 아느냐고. 할머니는 아빠가 아닌데 어떻게 알겠어요? 그 질문을 받으면 할머니가 엄청나게 운단 말이에요. 왜 물어보는 걸까요? 아빠가 엄마를 죽여 마땅한 이유가 있다고 생각하는 걸까요? 엄마가 잘못했다고? 이유를 알면 뭐가 달라져요? 엄마가 살아 돌아오나요? 아니잖아요."

"애들이 나보고 귀신 들린 애래요. 내가 귀신을 불러서 자기를 떠밀었다나. 웃겨, 진짜. 내가 그런 능력이 있었으면 진즉에…… 저기, 있잖아요. 나 여기 처음 왔을 때 있던 여자요. 그분이 그랬거든요. 뒤따라온 사람을 쫓아내준다고. 귀신도 쫓아내줄 수 있는 것처럼 말했어요. 혹시 점장님도 그런 거 할 수 있어요?"

"이건 진짜 비밀인데요. 나 진짜 귀신 들린 건지도 몰라요. 밤만 되면 보이거든요. 밤이 되면……."

호랑점을 포기할 수 없다면 방법은 하나였다. 짚인형을 사 간 여자를 찾아서 돌려달라고 부탁하는 거였다. 결심을 굳힌 소하연은 골똘히 여자를 떠올렸다. 시장에선 본 적 없던 아줌마였다. 엄마와 비슷한 나이였지만, 엄마는 입은 적 없던 좋은 옷을 입고 있었다. 그러면 아파트 놀이터에서 찾아보는 건 어떨까. 반 아이 중 아파트에 사는 아이들은 방과 후 아파트 놀이터에서 다 함께 모여 논다고 했다. 엄마가 지켜보고 있어서 짜증이 난다고, 반 아이 중 한 명이 투덜거렸던 게 기억났다. 어쩌면 여자도 놀이터에 서서 자신의 아이를 지켜보고 있을지 몰랐다. 어쨌든 한밤중에 가게를 찾아온 걸 보면, 분명 근처에 사는 사람일 터였다.

문제는 여자의 얼굴이 확실하게 기억나지 않는다는 거였다. 그래도 짚인형을 산 적 있으세요, 라고 물어보고 다니다 보면 언젠가 찾을 수 있을 것이다. 찾아야만 했다.

밤이 되면.

머뭇거리다가 미처 털어놓지 못한 고민이 소하연의 입안에서 맴돌았다. 밤에 잠들지 못하는 이유. 할머니를 부르지도 못하고 두 눈을 꼭 감고 밤이 지나가기만 빌게 되는 날들이 끝났으면 했다. 이유요가 그렇게 해줄 수 있을 것만 같았다. 설령 해결해주지 못하더라도, 들어주기만 하더라도 좋을 것 같았다.

밤이 되면 아빠와 엄마가 나타났다.

화가 잔뜩 난 아빠가 소하연을 쫓아왔다. 엄마는 그런 아빠를 뒤쫓아 와 아빠의 다리를 붙잡았다. 어떻게든 소하연에게 다가가지 못하게 하려는 듯이. 소하연이 어디를 가도, 아무리 도망을 가도 아빠는 쫓아왔다. 잠자리에 들어 이불을 뒤집어쓰면 아빠는 드디어 잡았다는 듯이 히죽 웃으며 나타나 소하연의 배 위에서 주먹을 휘둘렀다. 엄마는 소하연을 끌어안고 아빠를 막아섰다. 아빠의 주먹도, 엄마의 손도 소하연의 몸을 통과해 허공만 휘저었다. 아빠는 소하연에게 닿지 못하는 것이 분한 듯 입을 크게 벌리고 발을 마구 굴렀다. 그러다 엄마의 머리카락을 휘어잡고 때리기 시작했다. 밤이 끝나도록 계속되는 폭력. 그것은 소하연이 어릴 때부터 겪어온 밤들의 반복이었다. 다른 점이라면 소하연은 이제 그 끝이 어떻다는 걸 알고 있단 거였다.

이대로 가다가는, 엄마는 귀신이 되어서도 아빠에게 살해당한다.

그것만은 막고 싶었다.

학교가 끝나자마자 소하연은 재빨리 교실을 나갔다. 평소에는 시장과 공원으로 이어지는 왼쪽 길로 갔지만 그날은 오른쪽 길을 택했다. 한적한 왼쪽 길과 다르게 오른쪽 길은 북적거렸다. 학교가 끝난 아이들을 데리러 온 보호자들이 아이의 손을 잡은 채 함께 걸었고, 한 무리의 아이가 대기하고 있던 학원 차에 우르르 올라탔다. 단짝과 나란히 걸으며 수다를 떠는 애들도 있었다. 손을 잡을 상대도, 올라탈 차도 없는 소하연은 혼자서 사람들 사이를 지나갔다. 자꾸만 어깨가 움츠러들어서 똑바로 앞만 봤다.

"당당하게, 어디서나 당당하게 걷기."

엄마가 자주 흥얼거렸던 노래를 부르며 소하연은 아파트 단지 입구에 도착했다. 그런데 안으로 들어가려는 소하연의 앞을 경비원이 막아섰다.

"못 보던 얼굴인데, 몇 호에 사니?"

"어, 저 놀이터에 놀려고 온 건데요."

"여기 사는 게 아니라는 거지? 그럼 못 들어가. 여기 놀이터는 아파트에 사는 애들만 이용할 수 있어. 다른 데로 가라."

"그런 게 어디 있어요?"

빈틈으로 들어가려 이리저리 몸을 틀어도 소용없었다. 경비원의 철통 방어에 소하연의 입이 잔뜩 튀어나왔다.

"다른 놀이터 갈 거예요! 흥이다."

결국 뒤돌아섰다. 소하연은 조금 덜 번잡해진 길을 따라 옆 아파트 단지로 향했다. 하지만 그곳에서도 경비원에게 출입을 저지당했다. 옆으로, 또 옆으로. 아무리 당당하게를 외쳐도 점점 걸음에 힘이 빠졌다. 결국 네 번째 아파트 단지 앞에서 머뭇거리다 발길을 돌렸다. 왔던 길을 돌아가 다시 학교 앞에 도착한 소하연은 텅 빈 운동장으로 들어갔다.

"쳇, 어른들이 왜 그리 치사해? 놀이터가 닳는 것도 아니고."

날랜 몸놀림으로 단숨에 정글짐 꼭대기에 올라가 걸터앉은 소하연은 멀어진 땅 표면에 길게 드리워진 그림자를 내려다봤다. 그림자가 금방이라도 살아 움직일 듯 일렁거렸다.

"귀신 들린 아이."

소하연은 자신의 별명을 중얼거렸다. 진짜 귀신이라도 불러내서 부릴 수 있으면 좋을 터였다. 그럼 놀이터에 귀신을 보내서 살필 수도 있을 테니까. 소하연은 정글짐에 앉아 다리를 앞뒤로 흔들며 상상에 잠겼다. 어차피 따돌림을 당할 거라면 진짜로 특별한 힘이 있었으면 좋겠다. 귀신을 부리는 능력보다 좀 더 멋진 것. 영화 속 히어로처럼 하늘을 날거나 마법소녀처럼 변신해서 악당을 물리치는 건 어떨까.

하지만 제일 가지고 싶은 능력이라면, 역시 그거였다. 시간을 되돌리는 것. 그럼 아빠가 엄마를 죽인 날로 시간을 되돌릴 것이다. 코끝이 찡하게 달아올랐다. 소하연은 코를 훌쩍거리며 울었다. 장례식 날 이후 혼자 있게 되면 자꾸만 눈물이 나왔다. 할머니나 다른 사람들 앞에서는 울 수 없는 탓에 눈물이 몸 안에 쌓였는지도 몰랐다.

상상 속에서라도 엄마를 구할 수 있다면 좋을 텐데. 하지만 아무리 노력해도 상상할 수 없었다. 기억 속 아빠는 너무 크고 강해서 소하연이 무엇을 해도 이길 수 없었다. 이래서야 시간을 되돌려도 소용없었다. 현실에서도, 상상에서도 엄마를 구할 방법은 막막하기만 했다.

"한심해."

혼잣말을 중얼거리던 소하연은 눈가를 벅벅 문질렀다. 정글짐의 맞은편, 교문 앞에 한 남자가 서 있었다. 구부정하게 서 있던 남자는 소하연을 뚫어져라 노려보았다. 남자가 손에 쥔 무언가가 햇빛을 반사하며 번쩍 빛났다.

"……아빠?"

소하연은 흠칫 놀라 손바닥으로 자신의 입을 틀어막았다. 분명히 처음 보는 남자였는데, 왜 보자마자 아빠가 떠오른 것일까. 큰 소리를 내면 금방이라도 남자가 덤벼들 것만 같아서 손으로 입을 막은 채 숨까지 참았다.

"거기, 당신! 뭐 하는 사람이야!"

경비원이 호통을 치며 남자에게 다가갔다. 남자는 느릿느릿 뒷걸음질을 쳤다. 푸핫. 소하연은 더 이상 참을 수 없어 토하듯 긴 숨을 뱉어냈다.

남자는 어느새 사라지고 없었다.

* * *

이유요는 슈퍼마켓의 냉장 음료 코너에서 멈췄다. 진열되어 있는 온갖 종류의 우유 중 초코우유가 시야에 걸렸다. 단

것은 질색이라 이제껏 한 번도 산 적 없는 제품이었다. 이유요는 초코우유를 이리저리 살피다가 장바구니에 넣고 계산대로 향했다. 점심시간이 가까운 탓인지 두 개뿐인 계산대에 긴 줄이 생겨나 있었다. 이유요도 줄 끝에 섰다.

"어제저녁 내내 소방차가 왔다 갔다 난리였어. 웅성거리는 소리에…… 시끄러워서 잠도 못 잤어."

"그 원룸촌에 불난 거?"

"그래, 우리 빌라랑 가깝잖아. 하여간 미친놈 많아. 아침에 뉴스에 나오더라고. 불 지른 놈이 건물 입구를 지키고 서 있다가 나오는 사람을 칼로 막 찔렀대."

"무서워라. 잡혔대?"

"잡혔대. 그런데 범행 동기를 밝히기는커녕 자기가 불 지르고 사람을 찌른 걸 다 부인하고 있대. 아무 기억도 안 난다고. 낮잠을 자다가 악몽을 꿨는데 정신 차려보니 건물 앞이었대. 말이 돼?"

"미친놈이네. 사람 많이 죽었어?"

"정확히는 모르겠네. 뉴스 보니까 병원에 어린애도 실려 가고 그랬더라고."

"어휴, 끔찍해."

앞에 선 사람 둘이 나누는 대화를 듣던 이유요의 눈가가 가늘어졌다. 아빠가요. 엄마를 죽였대요. 소하연이 했던 말이 떠올랐다. 포토카드 홀더의 사진 속에서 환하게 웃던 얼굴과 주춤거리며 가게를 나가던 때의 얼굴이 번갈아 떠올랐다. 이유요는 미간을 찌푸리며 계산대에 장바구니를 내려놓았다.

초코우유의 바코드를 찍는 소리가 유독 길게 울렸다. 이유요는 슈퍼를 나와 호랑점으로 향했다. 짐을 내려놓고 카운터에 앉아 한 손으로 콩주머니를 주무르며 휴대전화로 검색했다. 사건에 관한 기사가 잔뜩 나왔다. 정신이상자의 소행, 작동하지 않았던 낡은 소방시설, 거주자 중 노약자가 많아 인명 피해 확대. 하지만 피해자의 얼굴이나 이름이 나온 기사는 없었다. 이유요는 신경질적으로 휴대전화를 내려놓았다. 검색해볼 필요도 없었다. 희미하게 들리던 울음소리가 점점 선명해지고 있었다. 귀를 틀어막아도 들릴 게 분명한, 다른 곳에서 파동처럼 밀려오는 소리였다.

"이해할 수 있는 날이 온다는 게 이런 뜻이었다니."

멍. 동이 대답이라도 하듯 짖었다.

"알아, 능력이 약한 내 귀에도 들리는 걸 보면 아직 안개로 들어가기 전이겠지."

한참이나 가게 밖을 응시하며 콩주머니만 만지작거리던

이유요가 동을 향해 고개를 돌렸다.

"만약에 그 애가 안개에 들어가지 못하면 어떻게 되는 거지?"

동과 눈을 마주치고 고개를 끄덕거리던 이유요의 안색이 점점 어두워졌다.

"그래, 계속 반복하게 되는구나. 그 괴로움을."

왜인가요. 왜 데려왔나요. 호미의 자리 따위 삭아 문드러지게 놔두면 좋았을 텐데. 사라질 걸 알았을 텐데. 혼자 남겨질 것을 알았을 텐데. 붉은 달이 떴던 밤부터 목까지 차오를 만큼 절실했던 질문들. 이유요는 콩주머니를 움켜쥐었다.

대답해줄 이는 없어도 찾으러 갈 수는 있을 터였다.

* * *

숨이 막혔다. 소하연은 콜록거리며 몸을 일으켰다. 방 안에 온통 연기가 자욱했다. 무슨 일인가 싶었다. 자려고 자리에 누웠던 것이 기억났다. 언제나처럼 아빠가……

아니다. 평소와는 달랐다. 소하연은 손바닥으로 코와 입을 가리고 방을 나가며 애써 기억을 더듬었다. 오랜만에 밤이 되어도 아빠가 나타나지 않았다. 신이 나서 이불을 뒤집어쓰자마자 잠에 곯아떨어졌다. 그리고, 그리고…… 이상하게도 불이 났다는 사실이 놀랍지 않았다.

"할머니, 일어나세요. 불난 것 같아요."

할머니는 화장실 앞에 쓰러져 있었다. 아무리 몸을 흔들어도 꼼짝하지 않았다.

"할머니, 할머니!"

이대로 할머니가 깨어나지 않으면 어떻게 하지. 소하연은 덜컥 겁이 났다. 점점 매캐해지는 연기와 뜨거운 열기보다 할머니가 죽으면 어쩌나 싶어 더 무서웠다. 소하연은 할머니의 어깨를 끌어안고 현관 쪽으로 질질 끌고 갔다.

"할머니, 같이 나가자. 빨리."

손을 떼자 코와 입으로 연기가 마구 밀려 들어왔다. 화장실에서 현관까지 서너 걸음도 되지 않는 작은 집이었다. 그런데도 현관 앞까지 가지 못한 채 바닥에 주저앉고 말았다. 숨이 차올랐다. 열이 팽창해 온몸의 구멍으로 터져 나올 것만 같았다. 소하연은 할머니에게 몸을 바짝 붙이고 바닥에 웅크렸다. 눈물이 줄줄 흘러내려 뺨을 적셨다.

"엄마."

소하연은 자기도 모르게 중얼거렸다. 연기가 숨에 섞여 훅 들어와 다시 손바닥으로 입을 막았다. 고통이 심해질수록 점점 더 엄마가 보고 싶었다.

엄마, 나 엄마 혼자 죽게 놔둬서 벌을 받나 봐.

소하연은 입을 틀어막은 채 소리 없이 엄마를 불렀다. 그날 할머니 집에 가지 말걸, 집에 있을걸, 그럼 엄마가 죽지 않았을지도 모른다. 계속 맺혀 있던 후회가 눈물과 함께 터져 나왔다.

그날, 아빠가 엄마를 죽인 날.

엄마는 소하연에게 할머니 집에 가서 자고 오라 했다. 저녁에 아빠와 대화하려 한다고, 싸울 수도 있으니 하루만 자고 오라고. 그렇게 말하는 엄마의 얼굴이 파리했다. 소하연은 머뭇거렸다. 엄마, 내가 같이 있어줄게. 그렇게 말하고 싶은 마음이 반, 또다시 일어날 폭력에서 도망치고 싶은 마음이 반이었다. 결국 후자의 마음이 이겼다. 학교가 끝나고 할머니 집으로 가면서, 소하연은 엄마의 말을 따르는 것뿐이라고 스스로에게 변명했다. 다음 날 아침에 할머니 집으로 경찰이 찾아왔을 때, 아무것도 모른다는 듯 눈을 휘둥그레 떴지만 실은 알고 있었다. 엄마에게 일이 생겼다는 것을. 하지만 설마, 그것이 죽음일 줄은 몰랐다. 매일 밤 아빠에게 맞으면서도 죽음을 느낀 적은 없었다. 폭력이 너무 익숙해서, 오히려 죽음이 멀게 느껴졌다.

"엄마, 미안해."

그러니까 한 번만 더 내 앞에 나타나달라고, 손이 몸을 통과해도 좋으니 안아달라고 소하연은 엉엉 울었다. 하지만 엄마는 나타나지 않았다. 대신에 꼼짝하지 않던 할머니의 몸이 벼락이라도 맞은 듯이 움찔 떨렸다. 두어 번의 움찔거림이 잦아들고 할머니가 부스스 몸을 일으켰다. 할머니는 단번에 소하연을 번쩍 안아 들었다. 소하연은 놀라 할머니의 품에 안긴 채 허옇게 센 옆머리를 봤다. 평소 허리가 좋지 않아 수박 한 통 들기도 힘들어하던 할머니였다. 그런 할머니가 소하연을 안아 들고 현관문을 열더니 연기가 가득한 건물 복도를 질주하기 시작했다. 소하연은 할머니의 품에 얼굴을 파묻은 채 눈을 질끈 감았다.

이상하게도, 할머니한테서 엄마 냄새가 났다.

그건 결코 헷갈릴 수 없는 냄새였다. 해 뜬 날 내리는 비, 초코아이스크림이 묻은 끈적끈적한 손가락, 막 빨아서 꺼낸 세탁물의 포근함. 엄마에게선 소하연이 좋아하는 그 모든 것을 연상시키는 냄새가 났다. 소하연이 그렇게 말하면 엄마는 의아해했다. "나한테선 생선 비린내밖에 안 나. 좋은 냄새는 너한테서 나지. 넌 아기 때부터 초콜릿 냄새가 났어." 그렇게 말하는 건 엄마뿐이었다. 반 애들은 소하연에게 퀴퀴한 냄새가 난다고 했다. 엄마의 진짜 냄새를 맡을 수 있는 건 나뿐이고, 내 진짜 냄새를 맡을 수 있는 건 엄마뿐이다. 소하연은 그 비밀을 사랑했다.

"어딜 도망가려고!"

날카로운 고함에 소하연은 눈을 번쩍 떴다. 낯선 목소리였지만, 그 억양은 분명 아빠였다. 밤을 공포로 물들이던 아빠의 외침. 소하연은 할머니의 어깨를 꽉 움켜잡았다.

"이번에도 날 방해하게 둘 것 같아? 그날도 네가 아니었다면 함께 해치울 수 있었어!"

전속력으로 달리다가 유리문에 부딪힌 것 같은 충격이 느껴지는가 싶더니 할머니의 몸이 크게 휘청거렸다. 할머니는 소하연을 층계에 내려놓으며 속삭였다.

"뛰어, 건물을 나가는 거야. 할 수 있지?"

"할머니 아니죠?"

소하연이 묻자 할머니는 빙긋 웃었다. 할머니의 등 뒤로 칼을 쥐고 다가오는 남자가 보였다. 교문에서 자신을 노려보던 남자였다. 위로 치켜든 남자의 손이 커다란 포물선을 그리며 아래로 떨어졌고, 할머니는 소하연의 등을 떠밀었다.

"내 자식 내가 데려간다는데, 왜 자꾸 지랄이야!"

"내 자식이야!"

할머니의 목소리에 또 한 겹의 음성이 겹쳤다. 등을 돌려 주춤주춤 뛰던 소하연은 우뚝 멈춰 뒤를 돌아봤다.

"내가 배 아프게 품고 생살 찢어가며 낳은 내 자식! 내가 벌어서 내가 먹여 키운 내 자식! 네가 한 게 뭐가 있다고 네 자식이래? 왜 네가 데려간대!"

"미친년, 역시 너 바람피웠지? 그러니까 갑자기 이혼을 하자고 하지! 아주 더 고통스럽게 죽였어야 했는데. 이리 와, 백 번이라도 더 죽여주마."

소하연은 몸을 돌려 다시 할머니를 향해 뛰었다. 엄마였다. 분명했다. 할머니가 아닌 엄마였다! 냄새, 목소리, 말투. 모든 게 엄마였다. 소하연은 전속력으로 달려 할머니와 엉겨 싸우고 있는 남자의 다리에 있는 힘껏 몸을 부딪쳤다. 그러나 남자는 꼼짝도 하지 않았다. 남자는 고개를 숙여 발에 매달린 소하연을 내려다봤다. 핏발 선 눈과 시선이 마주치자마자 소하연의 본능이 소리쳤다.

죽는다. 애초에 이 사람은 나를 죽이려고 돌아온 것이다.

남자가 소하연을 번쩍 들어 계단 아래로 던졌다. 소하연은 딱딱한 콘크리트 바닥에 머리를 부딪쳤다. 눈앞에 별이 번쩍거렸다. 간신히 정신을 차린 소하연은 계단을 뛰어 내려오는 할머니와 그 뒤에서 칼을 휘두르는 남자를 봤다. 등에 칼을 맞은 할머니가 계단에서 굴러떨어졌다. 할머니는 엉금엉금 무릎으로 기어와 소하연을 몸으로 덮듯이 끌어안았다. 너무나 좋아하는 엄마의 냄새가 더는 나지 않았다.

"······또야. 또 엄마가 죽었어."

건물 천장에서 석고보드 한 무더기가 할머니와 소하연을 향해 쏟아져 내렸다. 숨이 막혔다. 소하연은 콜록거리면서 몸을 일으켰다. 할머니도, 남자도, 석고보드도 없었다. 소하연은 연기가 자욱한 방 안을 둘러보았다.

그리고, 그리고?

"······맙소사. 되돌아왔어. 집에서 탈출하기 전으로."

불이 났다는 사실에 놀라지 않았던 이유가 있었다. 그때도 되돌아간 것이었다. 소하연은 코와 입을 막고 몸을 일으켰다. 이것이 몇 번째 탈출인 걸까, 왜 시간이 되돌려진 걸까, 어쩌면 이건 다 꿈인 걸까. 별별 생각이 다 들었다.

정신 차리자. 이건 기회다.

소하연은 자신의 양 뺨을 손바닥으로 세게 쳤다. 그렇다. 이건 기회였다. 엄마를 구할 수 있는 기회! 소하연은 필사적으로 머리를 굴렸다.

아빠는 분명히 나를 죽이려는 거야. 그리고 엄마는 나를 구하려는 거고. 그러니까······ 아빠가 엄마와 마주치기 전에

6. 연도 불명, 콩주머니

내가 아빠를 없애면 돼.

꼴깍. 마른침이 넘어갔다. 단 한 번도 해본 적 없던 생각이었다. 아빠를 없애다니. 아빠는 언제나 절대적인 폭군이었다. 소리를 지르는 것만으로 엄마와 소하연을 꼼짝 못 하게 만드는 사람. 소하연은 화장실에 들어가 수건 두 개에 물을 잔뜩 적셨다. 하나는 복면을 두르듯 머리 뒤로 묶었다. 숨 쉬기가 한결 편해졌다. 또 하나는 화장실 앞에 쓰러져 있는 할머니의 코와 입에 대주었다. 그러곤 부엌으로 가 냄비를 머리에 뒤집어쓰고 방석을 상의 안쪽에 쑤셔 넣었다.

"할 수 있어. 무슨 일이 일어날지 알고 있잖아."

소하연은 집을 나섰다. 건물의 복도는 이미 연기로 가득했다. 걸음을 내디딜 때마다 숨이 막혔지만 소하연은 속도를 늦추지 않았다. 남자와 마주쳤던 2층 계단에 도착한 소하연은 반쯤 열린 비상문 뒤에 웅크리고 앉았다. 이제 곧 남자가 아래층에서 올라올 터였다.

소하연은 머릿속으로 작전을 되짚었다. 아빠가 올라오면 있는 힘껏 뛰쳐나가서 아빠를 계단 아래로 밀어버릴 것이다. 기습적으로 높은 데서 밀면 성공할 수 있을 듯했다. 아빠가 계단 아래로 굴러떨어지면, 소하연을 덮쳤던 천장의 석고보드가 이번에는 아빠를 덮칠 것이다. 그럼 아빠는 엄마를 해치지 못할 것이다.

중요한 건 정신을 잃지 않는 거였다. 소하연은 머리에 쓴 냄비를 손으로 꾹 눌렀다. 계단을 걸어 올라오는 거친 발소리가 들렸다. 소하연은 비상문을 움켜잡고 뛰쳐나갈 준비를 했다. 곧 아래쪽에서 남자가 모습을 드러냈다. 남자는 휘청거리는 걸음으로 한 칸씩 계단을 올랐다. 한 칸, 또 한 칸. 계단이 세 칸쯤 남았을 때 소하연은 바닥을 박차고 뛰어나가 두 손으로 남자를 있는 힘껏 떠밀었다. 남자가 뒤로 넘어지며 두 팔을 마구 휘저었다. 남자의 손이 허공에 뜬 소하연의 옷자락을 꽉 움켜쥔 순간, 소하연의 등 뒤에서 뻗어 나온 손이 급박하게 소하연의 뒷덜미를 잡아당겼다. 남자는 계단 아래로 떨어졌다. 소하연은 떨어지지 않았다. 소하연은 푹신한 털 뭉치에 휩싸여서 천천히 눈을 깜빡거렸다.

"이것아! 겁도 없이! 도망갔어야지. 저 악귀 같은 놈의 손아귀에 떨어지지 않게, 이 불에 죽지 않게 도망갔어야지. 도망가지, 왜……."

억센 손이 소하연의 등을 내리쳤다. 소하연은 그제야 눈을 떴다. 빨간 꽃무늬의 고무줄 바지를 입은 여자가 소하연을 꽉 붙잡고 있었다. 처음 보는 얼굴이었지만, 소하연은 그 여자가 엄마라는 걸 단번에 알았다. 소하연은 여자의 품 안으로 파고들었다.

"엄마, 이젠 계속 같이 있을 수 있지?"

엄마는 아무 말 없이 소하연을 끌어안았다.

"……으으, 저게 진짜."

계단 아래쪽에서 남자의 신음이 들렸다. 동시에 소하연을 둘러싸고 있던 푹신한 털 뭉치가 움직였다. 킁. 따뜻한 콧김이 정수리에 닿아 소하연은 고개를 들어 위를 봤다. 털 뭉치는 커다란 개였다. 호랑점에 갈 때면 언제나 탁자 옆에 앉아 있던 개. 이유요는 개를 할아버지라고 불렀다.

"할아버지가 왜 여기 있지?"

소하연은 동을 향해 손을 뻗었다. 위에서 누군가 그 손을 잡더니 무언가를 쥐여주었다. 바스락거리는 촉감이 손안에 가득 찼다. 콩주머니였다.

"이걸 들고, 잠깐 앞을 보지 마세요."

보지 않아도 누군지 알 수 있었다. 중저음의 독특한 목소리. 소하연은 힘차게 고개를 끄덕거렸다. 다시 엄마의 품에 얼굴을 파묻고, 손안의 콩주머니를 꽉 쥐었다. 등 뒤에서 개가 으르렁거리는 소리와 둔탁한 마찰음이 이어졌다.

"내가 내 자식 데려간다는데!"

남자의 울부짖음에 소하연은 더욱 세게 콩주머니를 움켜

쥐었다.

"하연아, 너도 아빠랑 가고 싶지? 같이 안 가면 너 혼자야. 할머니도 엄마도 나도 없어! 다 죽었다고!"

"아빠랑 가기 싫어!"

소하연은 힘껏 소리쳤다.

"아빠가 제일 싫어! 아빠라고 부르기도 싫어!"

눈물이 주르륵 흘러내렸다. 드디어 말했다. 아빠가 밤을 악몽으로 만들던 때부터 언제나 외치고 싶었다. 아빠가 싫다고. 학교 선생님에게 말한 적도 있었다. 아빠가 싫어요, 라고. 선생님은 아빠가 잠깐 미울 순 있어도 부모님에게 그런 말을 하면 안 된다고, 그럼 다들 소하연을 나쁜 아이라며 흉볼 거라고 했다. 그래서 꾹 참았다. 사람들이 왜 아빠가 엄마를 죽인 거냐고 물어볼 때도 입을 꾹 다물었다. 사실은 그때마다 말하고 싶었다. 왜냐고 묻는 건 의미가 없다고. 아빠가 나쁜 사람인 것뿐이라고. 나는 아빠가 정말 싫다고. 소하연은 다시 한번 아랫배에 힘을 주고 외쳤다.

"진짜 싫어!"

남자가 욕설을 퍼부었다. 분노에 찬 욕설을 뱉어내는 남자의 모습이 어떨지는 보지 않아도 알 수 있었다. 소하연의 어깨가 움츠러들었다.

"잘했어. 저런 말 듣지 마."

엄마가 소하연의 양쪽 귀를 손바닥으로 막았다.

"엄마, 나 두고 갈 거야?"

"데려갈 순 없잖아. 나는 네가 쑥쑥 잘 커서 어른이 되면 좋겠어. 맛있는 것도 많이 먹고, 예쁜 것도 많이 봤으면 좋겠어. 하연아, 내 딸아. 단 한 사람이라도 사랑을 주면, 그것만으로 세상이 참 아름답더라. 네가 나의 세상을 아름답게 만들어준 유일한 사람이었어."

"엄마를 구하고 싶었어."

"구했어. 구했고말고. 봐."

낯선 여자의 얼굴이 엄마의 얼굴이 되어 있었다. 내내 피범벅이던 얼굴이 깨끗했다.

"이제 아빠는 엄마를 해치지 못해."

소하연은 배시시 웃었다. 해냈다. 뿌듯한 마음이 차올랐다. 등 뒤에서 요란한 폭발음이 들리는가 싶더니 몸 위로 커다란 그늘이 생겼다. 소하연은 고개를 들어 위쪽을 봤다. 푹신해 보이는 개의 아랫배가 보였다. 정수리가 천장에 닿을 듯 커진 동의 모습이 신기해서, 좀 더 자세히 보려고 목을 길게 뻗었다. 그런 소하연의 눈을 커다란 손이 감싸듯 가렸다.

"이 세계는 붕괴합니다. 잠시 눈을 감고 있는 게 좋아요."

이유요의 손에서는 메마른 찻잎 냄새가 났다. 엄마의 냄새와 썩 잘 어울리는 냄새. 소하연은 숨을 깊게 들이마셨다.

"안녕, 내 아가."

엄마의 속삭임이 자장가처럼 들려왔다. 안녕, 엄마. 소하연의 입술이 달싹거렸다. 그러나 쏟아지는 잠 때문에 목소리가 나오지 않았다.

스르륵. 소하연의 눈이 감겼다.

* * *

주변이 소란스러웠다.

소하연은 무거운 눈꺼풀을 억지로 들어 올렸다. 흐릿한 시야에 흰 가운을 입은 사람들의 모습이 보였다. 낯선 얼굴들이었다.

"의식도 돌아왔어요. 기적이네요."

"다시 한번 바이털 사인 체크하고, 바로 정밀 검사를 할 수 있게 준비하지."

그들 중 한 명이 소하연의 머리를 쓰다듬었다.

"장하다. 잘 버텼구나."

그 뒤부터는 정신없는 일들의 연속이었다. 소하연이 누워 있던 침대가 움직였고, 커다란 기계에 들어갔다가 피를 뽑혔다. 간호사는 소하연에게 하루 정도 상태를 본 뒤 일반 병실로 옮겨 가게 되리라 알려주었다.

"이틀간 의식불명 상태였어. 심장은 뛰는데 뇌파가 잡히지를 않았단다. 다들 얼마나 걱정했는지 몰라."

소하연은 불이 났던 원룸 건물 1층에서 구조가 되어 병원으로 옮겨졌다고 했다. 발견 당시 할머니가 소하연을 보호하듯이 몸으로 감싸 안고 있었다고. 간호사는 그 이상의 소식을 알려주지 않았다. 소하연도 묻지 않았다. 이미 알고 있었기에 묻지 않을 수 있었다.

"그건 꿈이 아니었어."

소하연은 비밀을 고백하듯 소곤거리며 무릎에 놓인 콩주머니를 한 손으로 살며시 덮었다. 눈을 떠 고개를 옆으로 돌렸을 때 베개 옆에 놓여 있던 콩주머니. 그것은 소하연에게 그 절박했던 순간이, 엄마를 구했던 기쁨이, 커다랗게 변했던 동과 손으로 눈을 가려주던 이유요의 온기가 꿈이 아니었다고 가르쳐주었다. 손안에서 콩주머니가 잘그락거렸다.

곧 찾아올 손님을 예고하는 소리였다.

 어둑한 골목, 이유요는 담장 한쪽에 걸린 팻말을 '닫힘'에서 '열림'으로 뒤집었다.

 "어휴, 여긴 올 때마다 좁아."

 "철물점 황 씨한테 또 한소리 해야겠어. 입구의 상자 좀 치우라고. 몇 번을 말해도 듣지를 않네."

 골목 안으로 여자 두 명이 들어오며 투덜거렸다. 골목길은 이전처럼 너저분하지 않았다. 양옆에 무질서하게 놓여 있던 옷상자며 오래된 가전제품들, 금방이라도 무너질 듯 쌓여 있던 책들이 모두 사라져 몸을 이리저리 비틀지 않아도 수월하게 들어올 수 있을 정도로 정돈되었다. 여자들은 이유요의 앞에서 멈춰 섰다. 그중 한 명은 호랑점에 사람 잡아먹는 귀신이 산다고 말했던 양 씨였다. 이유요와 눈이 마주치자 양 씨는 멋쩍은 듯 머리를 긁적거렸다.

"점장님, 예쁜 꽃분 아줌마 또 왔어요! 오늘도 왜 이리 인상이 어두워. 웃어야 복이 오지."

양 씨와 함께 온 꽃분은 넉살 좋게 이유요의 어깨를 두드렸다. 꽃분은 소하연의 할머니 장례식을 도맡아 진행해준 사람이었다. 자칭 골동품 시장의 마당발인 그는 장례식 이후 사나흘에 한 번씩 호랑점에 방문했다. 시장 상인들을 들볶아서 골목길을 치우게 한 것도 그였다. 호랑점으로 이어지는 골목길을 무료 창고처럼 쓰던 상인들은 무슨 쓸데없는 오지랖이냐고 불평하면서도 자신들의 짐을 주섬주섬 가지고 갔다. 한 달여 만에 정리가 되었다.

"이거 받아요. 전에 보니까 개가 장조림을 특히 잘 먹기에 좀 더 가져왔지. 그리고 이건 마라소시지볶음인데, 자신 있는 신작이야. 아침 방송에서 봤는데 이게 요즘 어린애들이 아주 좋아하는 반찬이래. 그렇다고 너무 고기만 먹이면 안 되니까 이것도, 유자소스샐러드! 야채 싫어하는 사람도 이거면 양상추를 두 통은 먹어."

꽃분은 속사포처럼 말을 쏟아내며 들고 있던 비닐봉지에서 반찬 그릇을 하나씩 꺼내 보였다. 그러곤 비닐봉지를 이유요에게 덥석 쥐여주었다.

"감사합니다."

"어이구, 이젠 고맙단 말도 잘하네."

꽃분이 웃으며 팔꿈치로 양 씨의 허리를 쿡 찔렀다. 양 씨가 쭈뼛거리며 손에 든 쇼핑백을 내밀었다.

"이거, 아이 옷 한 벌을 사 왔어. 그리고, 그……."

"아, 빨리 말해요. 형님, 해 떨어지겠네. 아, 벌써 밤이지. 달 떨어지겠네."

꽃분의 재촉에 양 씨가 눈을 흘겼다.

"알았어! 그, 내가 자네에 대해서 귀신이니 뭐니 막말을 좀 했었어. 미안해. 원래 가게 주인이었던 분 있잖아. 자네를 돌봐주던 분."

"사부요?"

그때까지 잠자코 두 사람의 대화를 듣고만 있던 이유요가 흠칫 놀라 양 씨를 바라보았다. 다른 사람이 사부를 언급할 줄은 몰랐다.

"그래, 그분 말이야. 그…… 내가 그분을! 비록 인사만 간신히 나눠봤지만, 연모했었어!"

양 씨의 얼굴이 새빨갛게 달아올랐다.

"연모……."

이유요가 양 씨의 말을 따라 중얼거리며 잠시 시선을 위로 올렸다.

"사부가, 외적인 나이가 아마 한 칠순……."

"잘생겼는데 나이가 무슨 상관이래."

"맞지, 그건 맞아! 미노년이 얼마나 귀한대!"

꽃분과 양 씨의 기세에 눌린 이유요는 입을 다물었다.

"어쨌든 그랬는데 그분이 모습을 감추었잖아. 게다가 자네는 시장 사람들한테 먼저 말을 거는 일도 없고 퉁명스러우니 우릴 무시하나, 싶은 생각도 들고, 그래서 심통을 좀 부린다는 게……."

"아이고, 형님, 말꼬리가 깁니다."

"그래, 그러네. 무조건 내가 잘못한 거지. 암, 앞에 내가 한 말은 다 잊어. 무조건 내가 잘못했어. 미안해!"

양 씨가 시뻘게진 코끝을 벅벅 긁었다.

"자네가 그 어린 것을 거두었단 소식을 듣고 내가 얼마나 창피했는지 몰라. 난 뭐 귀엽다고 사탕이나 좀 쥐여주고, 소식을 듣고도 가엾게만 여겼지. 그 어린 것이 어디서 살지, 그런 생각은 하지도 못했어. 내 생각이 짧았지. 짧아도 너무 짧아서 그런 소문도 막 퍼뜨린 거야. 미안하네."

"괜찮습니다."

후일담. 호랑골동품점 영업 시작 [열림]

"화내도 돼. 나 오늘 각오하고 왔어."

"아뇨, 정말로."

이유요는 잠시 말을 멈추고 자신의 감정을 표현할 단어를 천천히 골라내었다. 이런 상황이, 감정이 처음이라서 단어 하나하나가 매우 느리게 문장으로 조립되었다.

"그러니까……."

"점장님, 뭐 해요? 빨리 들어와요. 어, 아줌마. 안녕하세요!"

가게 안에서 고개를 내민 소하연이 양 씨와 꽃분을 보고 뛰어나왔다. 꾸벅 인사를 한 소하연은 이유요의 손에서 비닐봉지를 냉큼 받아 들었다.

"와, 꽃분 아줌마가 만든 반찬, 진짜 좋아요. 감사합니다."

"그래. 형님, 우린 이제 슬슬 갑시다. 애들 아빠가 언제 오나 눈 부릅뜨고 있겠어."

"가야지. 에구, 속 시원하다."

꽃분과 양 씨는 찾아왔을 때처럼 부산스럽게 골목길로 사라졌다. 이유요는 그런 두 사람의 뒷모습이 완전히 보이지 않을 때까지 지켜보았다.

"점장님, 뭐 해요? 가게 정리해야죠."

"달이 그림자에 가려졌다고, 사라진 게 아니구나."

완전히 사라진 줄 알았던 사부의 흔적이 알지 못한 곳에 남아 있었다. 이유요는 자신의 옆에 선 소하연을 내려다보았다.

언젠가 너에게도 흰 눈썹이 돋아날까. 어쩌면 똑같은 의문을 품게 될까. 혼자가 될 것을 두려워하게 될까. 이유요는 소하연의 머리를 가만히 쓰다듬었다.

"왜요?"

"아니, 이제부터라도 시장 사람들에게 인사를 잘해볼까 봐."

"그건 좋은 생각이네요."

소하연이 이유요의 손을 잡아끌었다. 멍. 동이 짖는 소리가 골목에 울렸다.

호랑점의 영업이 시작되었다.

후일담. 호랑골동품점 영업 시작 [열림]

작가의 말

여행 중 골목길에서 골동품점을 발견하면 반드시 들어가 봅니다. '골동품점'이라 묶어 칭하기에 미안할 정도로 다양한 분위기의 가게들을 만났습니다. 고가구가 가득한 전문점, 색이 바랜 털실 머리카락을 늘어뜨린 수제 인형과 미키마우스 인형이 함께 놓인 장난감 가게, 연도별로 생산된 레이스를 판매하던 가게도 있었습니다.

물건에는 기억이 깃듭니다.

이제는 만날 수 없게 된 친구와의 추억을 더듬을 때면, 팔목에서 딸랑거리던 팔찌가 제일 먼저 떠오릅니다. 색실을 엮어 만든 끈에 방울이 달린 팔찌. 엎드려 잠든 귓가에 울리던 소리와, 그 소리에 졸린 눈으로 고개를 돌려 옆을 보면 장난기 가득한 눈과 시선이 마주치곤 했습니다. 아마 시간이 많이 흘러 친구의 얼굴이 희미해져도 그 팔찌의 방울 소리는 쉬이 잊히지 않을 겁니다.

특별한 사연이 없더라도 매일 사용하는 물건에는 그 사람의 일상이 스며든다고 생각합니다. 대단찮은 일상이 차곡차곡 쌓여 누군가를 연상시키는 물건이 되는 것이 오히려 대단하다고 할까요. 그래서인지 골동품점 안의 물건들을 살피다 보면 타인의 일기장을 엿보는 듯한 착각이 듭니다.

때로는 상상의 나래를 펼치게 만드는 물건을 만나기도 합니다. 뒷면에 하트 하나만 그려진 엽서 같은 것들입니다. 보통 글을 적게 마련인 엽서에 왜 하트 하나만 그렸을까요. 누가 누구에게 보낸 것이었을까요. 부치지 못하고 책 속에 끼워두었다가 잊어버렸을 수도 있습니다. 아니면 엽서가 전해지길 바라지 않은 누군가가 몰래 엽서를 감추었다가 죽기 직전에 슬며시 가게에 들고 왔을 수도 있습니다. 엽서 하나로 수많은 이야기의 씨앗이 태어납니다.

치앙마이의 골동품점에서, 언젠가 골동품점을 배경으로 소설을 쓰고 싶다고 생각했습니다. 코로나19가 발생하기 이전의 여행이었지요. 그 뒤론 지금까지 한 번도 치앙마이에 가지 못했습니다. 이 글을 쓰다가 문득 그 가게가 그리워져 찾아보니 폐업한 건지 나오지 않더군요. 그 가게만이 아니라 여행 2주간 매일 갔던 카페도 폐업한 듯했습니다. 카페 한쪽에 흰색 해먹이 걸려 있었는데, 저는 그게 무척 좋았습니다. 해먹의 흔들거림이 누군가가 나를 안고 둥개둥개 해주는 감각과 참 비슷했거든요. 그 해먹은 어디로 갔을까요. 나중에 다른 나라를 여행하다가 그 해먹과 마주치길 바랍니다. 어차피 그걸 보관할 수 있는 부동산이 없으니 사지는 못하겠지만요. 누군가 좋은 사람이 그 해먹을 사는 순간에 마주친다면 더욱 좋겠습니다.

오래된 것에 끌리면 기이한 것 역시 사랑하게 되는 법인지라 기담 형식을 취하게 되었습니다. 동시에 이 글은 외로움에 관한 이야기이기도 합니다. 《호랑골동품점》을 읽는 동안 여러분이 조금 덜 외로웠으면 좋겠습니다.

책이 나오기까지 함께해주신 편집자님, 도움을 주신 출판사 관계자분들, 여기까지 읽어주신 독자님들에게 감사의 마음을 전합니다. 각자의 봄을 기다리며, 다시 만나기를 바랍니다.

2025년 봄
범유진

호랑골동품점

ⓒ 범유진 2025

초판 1쇄 발행 2025년 4월 15일
초판 2쇄 발행 2025년 10월 21일

지은이 범유진
펴낸이 유강문
문학팀 박선우 최해경 박지호
마케팅 김한성 조재성 박신영 김애린 오민정 우지윤

펴낸곳 ㈜한겨레엔 www.hanibook.co.kr
등록 2006년 1월 4일 제313-2006-00003호
주소 서울시 마포구 창전로 70 (신수동) 화수목빌딩 5층
전화 02-6383-1602~3 **팩스** 02-6383-1610
대표메일 munhak@hanien.co.kr

ISBN 979-11-7213-235-4 03810

· 값은 뒤표지에 있습니다.
· 파본은 구입하신 서점에서 바꾸어 드립니다.
· 이 책의 일부 또는 전부를 재사용하려면 반드시 저작권자와 ㈜한겨레엔 양측의 동의를 얻어야 합니다.